내 상처가 옹이였다

조현숙 시집

내
상처가
옹이
였다

예옥

시인의 말

내가 쓰고 있는 것이 과연 시인지의 의문 속에서 이십여 년을 삭히며 의기소침하게 살았습니다. 그러나 관절을 앓으면서도 한 걸음씩 다가섰습니다. 때론 사위어 가는 시심을 다행이라 여길 때도 있었습니다. 세 아이의 엄마로, 종갓집 종부로 살아내는 것이 시일 것이라고 위안도 해보았습니다. 그러나 늘 제 자신을 돌아보면 허기졌습니다. 그 허기의 정체성을 찾아 끊임없이 방황하며 빈 원고지의 기억을 지워낼 수 없었습니다.

이제 조심스럽게 그 시상을 더듬어 내며 결코 채울 수 없는 자아를 찾아 수많은 길 위에 나를 세워봅니다.

헤진 옷을 기워내듯 한 올 한 올 직조한 것들의 환영이 시란 명목을 명패처럼 달고 이 자리에 섰습니다.

검은 진주를 손에 넣던 날, 손마디는 턱턱 갈라지고 빨갛게 날선 생살은 이명처럼 짓무른 진액을 흘렸습니다. 닦아낼 여유도 없이 흙으로 상처를 덧칠하고, 흙속에 묻고, 1300도의 불가마에 나를 염하며 살아온 나날들. 다행히 삼남매 어여삐 영글어 아빠의 뒤를 이어가고 있습니다. 영상을 제작하는 예술가의 가정으로 자리매김하는 이 돌담 안에서, 긴 시간 숭숭한 가슴, 이제 미약한 언어의 미학이라 위로하며 한 권 시집을 엮어봅니다.

내 생의 버팀목이 되어주신 부모님, 『내 상처가 옹이였다』의 한 권 시집으로 탄생시켜 준 박희호 선생님, 필을 다시 들게 해주신 한창희 님, 그리고 사랑하는 모든 지인들께 고개 숙여 감사드립니다.

2017년 2월

조현숙

차례

2부 _ 내 상처가 옹이였다

3부 _ 석류 항아리

1부

카페, 레반트

카페, 레반트

소리와 언어들이 고였다 헤어지는
고즈넉이
머물러 오래 가지 않는 곳,
공간은 늘 기억의 페이지를 오독한다

해질녘이면 물여울 가득 피워내는
한낮의 간섭으로부터 자유롭고 싶었던 불빛은
주변을 보름달처럼 닦아 빛을 염장한다

끊임없이 섞이기 위해 뭉쳐지는
말하기 위해 말을 묻고
말속에서 변명을 해야 하는 지성이 야성 되는
허무한 시간의 지렛대를 버티면

순례를 끝낸 자모음들이
내려앉은 적막은 멀고 누추한데

시인들은 늘 뉘엿한 곤함에

푸른 수혈을 마치면

선명한 언어의 흔적 돌팍에 새겨놓는

아련한 그곳,

카페, 레반트

자유부인

바랭이를 짊어진 노승은 젖은 몸을 추슬러 엉거주춤
길섶에 서고, 광대는 징 채를 잃고 손금으로 징을 힐난
한다 작업대에 누웠던 토우들은 일어서서 부동자세다
침묵의 여운이 작업장 세 여류시인* 손놀림 끄트머리
에서 흙의 유희가 자유로울 때, 세 여인의 우정이 정겹
다 산청 흙의 거친 촉감이 토우를 해학적 표정으로 유
린하는 순간마다 여인들 심상이 삶의 모습에 토우의 전
신을 형상화시킨다 손끝에서 빚어진 서로 다른 표정을
읽으며 연민에 찬 미소를 짓는다 그 오랜 세월이 아닐
지라도 살아온 삶들은 제각기 다르기에 기쁨과 슬픔의
굴곡은 춤으로 너울거리고 주인 없는 작업장에 세 여
인은 분방한 자유부인의 기분을 만끽하며 해거름 종일
숨 가쁘게 들떠 있다 삶의 환희, 결국은 아무것도 아니
란 허무에 빠져 잠시 문 밖 셋 강 건너 앞산 끄트머리를

---

*이종남 시인, 신은자 시인, 그리고 나.

슬쩍 당겨 세 여인과 오버랩시킨다 해질녘 해오라기 두 마리 산자락을 어깨에 걸머메고 하룻밤 유숙할 곳을 찾아 날갯짓에 여념이 없다 꾸덕꾸덕 굳어 가는 토우들 만상 앞에 일상의 군상들이 험난한 세류를 탓하며 오만 가지 슬픔을 곰삭혀놓고, 지금껏 기웃거리기에 나른했던 세 여인은 웃는다 세 여인은 표정이 없다 세 여인은 이내 흐느끼고 만다

세 여류시인이 긴 언어로 만들어놓은 천 년의 생명을 부지할 토우를 향해, 푸르듯 한 자벌레를 뱉어놓는다 자벌레의 셈 앞에 세 여인의 깔깔거림에 어설피 빚어진 토우들이 제자리를 배회하고 있다 멀쩡한 것을 정상이 아니라고, 이리저리 움막을 치고, 구멍 낸 토우들은 잎가에 미소가 벙글지만 그 난해한 무표정을 세 여인은 읽어 낼 수가 없다

토우들의 멍울진 가슴을 부여잡고 천 년 무색의 울음을 시작한다 세 여인의 영혼은 CO_2 속에 하나가 되

어 서서히 팔을 뻗고 몸을 펴서 미세한 공기 속을 유영해간다 바랭이 짊어진 노승이, 징 채 놓친 광대가, 개으른 토우들이, 세 여인의 자벌레들이 모두 모여 고개를 가로 젓는다 헛된 몸짓의 중음신**이라고, 그들은 걸음을 재촉하여 태양의 핵을 염모하는 불가리가 기다리는 장엄한 의식으로 연병장에 도열한다 이제 이들의 언어로 빚은 흙의 형상이 서서히 아주 서서히 커다란 가마속으로 걸어 들어간다 수십 개의 기물 사이로 바람처럼 휘도는 불의 귀기에 생명의 긴 여정을 시작하는 엄숙한 순간 앞에 목례를 올린다 생명의 완성을 향한 삼엄한 의식을 실현한다 가마가 열리고 생명의 주문을 온몸으로 치장한 그들은 중음신이 아닌, 하나의 완성된 영혼을 갖게 된 노승은 바람 따라 깊은 산사로, 광대는 세상의 모든 희로애락의 한 모롱이로, 토우들은 죽은 자

**중음신 : 불교에서 새로운 생을 받기 이전 상태의 영혼.

의 영원한 삶 사잇길에 동행자로 혹 짙푸른 물속에 웅
크린 집요한 원귀의 달램으로 수장 지낼 채비에 한 틈,
빈틈이 없다 자벌레의 유희를 만끽한 세 여인은 자유부
인 유희가 못내 아쉬워, 언제일지 모를 헛된 기약을 하
며 어머니의 자리로 돌아간다 넓은 도예 작업장은 괴괴
한 적막이 흐르고 그 정적 둘레길로 잠시 자리를 비웠
던 주인의 발자국이 가지런하다

건봉사

그곳,
산자락은 늘 그림자를 품고 고요했다
소리와 색도 없는
온통 설움 덩어리

인두자국 같은 배반의 아픔
인고의 세월 곁, 이고 진 아릿함만이
날바람 속에서 풍경소리를 지탱하고 있다

요요한 달빛 어둠을 비집고 내려와
속살 깊은 향기로 엄동 속을 피워 올리고
이제 무심의 뜻에 반야가 있으니
어찌 밤만이 어둠이라 칭하겠는가

사금파리 한 조각 얼음 속에 옹이 박히듯 박혀
천 년을 쓸고 쓸어도 끝내 드러나지 않는 가슴

쾡한 걸음마다 칼바람 울음이

잠든 절집을 깨우고

도량석 목탁소리만 나그네를 배웅한다

민들레와 정임 씨

담장 안 도자기 작업장 뜰,
노란 민들레꽃들이 멋내기가 한창인데요

연하고 쌉쌀한 그 맛을
입맛 돋운다는 이기심을
쌈 싸 잡숴 보겠다고
낯모르는 부부가 배낭을 지고
맛,
맛으로 조금도 아니고 뿌리까지
가방을 채우고 있었다지요

실습생인 정임 씨
안 된다고
정말 안 된다고
버티고 서서 소리 질렀지요

작업장 울안에 것은 모두 내 것이라고
제멋대로 자라고 있는 쑥부쟁이까지도
자기가 곱게 기르고 있는 거라고 했다지요

지금
흐드러진 민들레꽃들이
옆 뜰로 터 잡을 수 있는 것은
다 정임 씨 덕분이지요

강 그리고 나

어둠을 타고
앞뒷산 젖줄 모아 태동시킨
푸르디푸른 길,
그 하나의 길이 흐르는 진새벽에
생사를 딛고선
옥양목 같은 안개의 마디마디가
거미줄을 튕겨내자

뉘 걸음인가! 맥놀이가 어둠 사리를 걷어낸다

강은 그렇게 다가선다

온갖 침묵의 고뇌와
묵묵한 살풀이 몸짓으로 견고한 여울목 하나 지었다

이제

한 생의 희끗한 갈피에 핀 꽃

진득한 꽃대 하나 밀어 올리려 난

얼마나 많은 젖을 물렸던가

내 안에 희미한 강 무덤 자리에 소昭만 흥건하다

나그네와 그림자

불빛 섞인 거리로
선禪을 찾아 떠나는 길
그 길에 나그네 둘이 서성인다

좁혀지지 않는 묘한 평행선
긴장감은 속살까지 저며
삶의 기억을 먼지처럼 묻히고
삼각구도를 만들 뿐,
평행선은 늘 평행선의 다름이 아니다

억새풀처럼 질기디질긴 인연의 고리는
운무에 가린 어둑한 골짜기 안에서
배회하며 끝이 보이지 않는다

나를 찾아 떠나 보는 길 위, 그 어디에도 나는 없다

다만 꿈속 그림자만

스스로 의미를 태우는

희열의 불꽃으로 남겨질 뿐이라고

지친 나그네 둘,

독백처럼 사리를 튼다

늪

한 줄기 바람에도
가슴 여미는 그들의 언어가 있다

밀려 올라와 핀 꽃에도
스스로 들추어내는 뿌리가 있다
뿌리는 계속 깊고
하늘은 자꾸 멀다

바람결에 깃을 감추고
거칠게 누워 있는 그들만의 간격은 정해지고
좁은 틈새로 꾸는 꿈에도 열매 맺힌다

바람이 길이 될 때
누워 있는 억새, 창포, 흐드러진 물봉선
양지꽃, 물옥잠 군락들

알맞게 데워진 늪에는
상처의 무덤이 언덕을 이루고
툭툭 붉어져 오르는 소리에
생명은 젖줄을 잉태한다

둘째 딸 메모

– 아빠의 부재에 대하여

오래전 보관하던 박스를 정리하다
십삼 년이나 지난 한 쪽지에서
둘째딸이 전한 깨알 같은 낱알의 글들이
엄마! 하고 삐죽 얼굴을 내민다

Dear 엄마

헌책방에 갔다가

거기서 산건데 '이해인' 시집이야

없는 것 같아서 읽으세요.

또 나 못보고 갈 것 같아서 할머니께

맡기고 가요

그리구 언니랑 나랑

엄마 아빠 없는 동안 돈 들어가는 게 너무 많아

아껴 쏜다고는 하는데

책사고 등록금내고 하니까

응, 우리 걱정은 많고 원규로 잘하니까

밥 많이 드시고

그럼

-둘째 경아 드림

누군가 내 안에서

누군가 내 안에서

기침을 하고 있다

겨울나무처럼 쓸쓸하고

정직한 한 사람이 서 있다

그는 목 쉰 채로

나를 부르지만

나는 선뜻 대답을 못 해

하늘만 보는 막막함이여

-『오늘은 내가 반달로 떠도』

이해인 시집 〈제3집〉 72페이지

어찌 이리 에미의 맘을 파고드는 시를 골랐을까? 무
엇인가를 들켜버린 아릿함으로 아랫배를 스치는 것이
그래, 이런 통증으로 너를 낳았지
커버린 아이들이 품 밖에서 나를 응시하고 있다

불면

시간은 나를 분해하고
망각의 바다로 떠민다

숨 멎은 적막까지도
지구 저 편으로 밀어버리고
누가
짙은 삶의 넋두리로
영혼을 깨워 그리움을 위로했는가

어제의 오늘이 내일의 오늘을
딛고 보니 찢어져 펄럭이는
불면만 끈덕지게 쫓아와 뇌세포를 쪼고

삶의 위로는커녕
고목 우듬지에 옹이가 되어
나를 아프게 하는구나

토우 1

　거친 도공의 엄지와 검지 손사위에 잡힐 만큼의 가래[*]
로 형상을 만들기 시작한다 머리를 만들고 몸통은 좀 길
게 다리도 거기에 준한 눈대중으로 맞춰놓고 다시 머리
쪽 얼굴 자리를 찾아 가여히 들여다본다 보거라! 이제
네게 생명을 주리라 양 손가락들이 움직여 눈, 코, 입,
귀를 더듬어 만들고 눈썹과 머리카락 한 올 한 올 섬세
히 심고 나면 네 눈동자 우수를 듬뿍 간직한 모습에 입
술은 무엇인가 말하려 애타하는 안타까움이 배어 있는
그런, 가녀린 목선은 어깨를 지나 가슴선 탱탱하게 뉘를
애타 그리워하였기에 그리 선이 아름다운 것인가 허리
곡선은 비천의 모습, 아래로 흐르고 흘러 곧고 긴 다리
끝으로 설핏 유성流星 하나 살포시 스며든다　다소곳한
양 발은 꼿꼿하게 육신의 버팀목 되어 단단하게 균형을
잡았다 그늘진 선반에서 열흘쯤 피접하고 나면, 더 야물
어지려 가마 내화판 위 살포시 올려 세우면, 아! 이제야

＊도자기를 만들 때 떡가래 모양으로 흙을 빚은 형태(코일링)

불길 흐름 사이사잇길 마련하여 재임**을 끝낸다 육중
한 가마 문 어둠을 삼키면 도공은 넌지시 "천 년의 비문
이 되어다오"주문을 외운다 아주 낮은 불꽃으로 시작하
여 건조대에서 미처 사르지 못한 물 내음 추스르며 열기
를 올린다 450℃, 그쯤에서 느슨했던 숨길 다 열고 가쁜
열기 휘돌아 치면 순도를 높인 1000℃의 단벌구이 완성
할 때, 그 뜨거웠던 거친 불 숨은 잦아들어 적막의 의식
에 그림자 드리운다 열기는 식어 가마뚜껑을 유린할 때
흙은 튼실하게 굳고 굳어 붉고 단단한 황토빛 토우로 변
신하였다 그래, 이제 너에게 한 움큼의 소임을 부여하련
다 부장의 타래 온몸에 낙관하고 자박자박 흙으로 흙에
묻힐 긴 다짐을 삭힌 선명한 형상이 결 고운 햇살과 마
주하면 그즈음 부음 접한 곡소리에 다붓이 생명의 향기
를 피워 올린다 이제 넌 긴 생명줄을 기워 올려 영원 길
목 지키는 어느 이의 동반자 되면 너에게 부여된 인고의
이름은 가히 천 년을 가리라

**가마 속에 차곡차곡 기물을 쌓는 모습

눈 내리는 샛강

집 앞 산책길에 내 그림자를 품은
샛강에 새하얀 버선발 첫눈이 내린다

나를 지탱하던 그늘은
단 한 번의 이별음표도 없이
벌거벗은 가지는 나를 위로하지 못한다
암벽 타고 흩어지는
살점 같은 모래알들 너머로
샛강에 띄워 보낸 내 시상詩想은 수묵화처럼 아리다

물 건너 영은이네 집
오고가던 플라스틱 배
황새 솔숲에 고즈넉했는데
서걱이던 억새풀은 휘돌이를 멈추고
하얀 깃털은 경직돼 떨고 있다

초승달 뜨다가 지는 가녀린 빛

물 위에 내려앉아

만월을 기다리는 먼 기억은

얼어붙어

샛강 아래 저민 바람소리 한 가락으로

멍든 파괴의 현장을 묵묵히 지켜냈다

여직 샛강엔

버선발 자박자박 내딛는 눈 섶 위로

진종일

숨죽인 영혼들 산허리를 맴돈다

봄날의 새

설산을 헤집고 날아왔을지도 모를 일이다

저 봉우리 넘으면 있을 거라고
길도 없는 길 헤매며
붉은 찔레꽃 덤불에 쓰러져
몽환에 사레들어
활화산을 몸속 깊이 들여놓곤 굳어가는 오한으로
자꾸만 허공을 헛디디며
산길을 달음질치는데
꿈길을 달음질치는데

동구 밖 산모퉁이
날아오는 가물한 그림자 등걸에서
그 봄날에
잃어버렸던 언어의 미학은
푸른 벌판 날갯짓으로

돌담 밖
그리도 해사하게 올 때,

그대도
새되어
날아 아지랑이 그림자 벗어두고 시의 언어로 노래하라

허기도 품격이 있다

보리밭에 바람 길이 트이면

웃자란 앙상한 허기 사이를 후벼 파던

보릿고개를 생각한다

검게 그을린 대자리에 떨어진 푸석한 조밥,

악착같이 주워 폭 꺼진 위장에 우겨넣던 숱한 5월

그 시절엔 강냉이 죽이 희망이었다

놋쇠 주발 고봉으로 허기를 벗어던지려는

나부끼는 꿈, 수없이 꿀 때마다 세찬 해일에

부황으로 부푼 지느러미는 견고하게 굳어갔다

이제 찢긴 허기를 조각보처럼 기워

문짝같이 망가진

냉기어린 조국의 품 섶에 섰다

녹 바람이 인다

평화통일 걷이 한창인 들녘

그 속살에 손톱자국 깊게 매몰찬 금을 긋는 그들

저 알곡을 성능이 향상된 쿠쿠의 압력밥솥으로 밥 지어
통일 성城 쌓고 있는 꾼,
허기를 채우리라
놋주발에 하얀 쌀밥 고봉으로 담아
함몰된 조국의 자존 굳건히 지켜낸
동포들 허기에 등燈 하나 밝히리라

그대,
그 두껍고 염치없는 입술을 닫으라
우리에게 여직 남은 허기는 핏물에 허기 진 너희와
품격이 다르니라

고택

찬바람
종일 머무는 밤중
하늘 가운덴
유난히도 반짝이는 별빛
구름은 멀리 숨고

활처럼 휜
시간의 무게
낮아진 돌담 그 어깨에 기댄 솟을대문 안
묵은 기와집

반쯤 내려뜬 눈꺼풀 속
낯익은 얼굴
아직도 놓아지지 않는 미망未忘
한차례 뜨거운 것이 목 · 울 · 대를 스치고

달빛과 어우러진 툇마루가

동천에 걸터앉는다

조가비

거친 파도를 남겨놓고

돌아오는 길목에 서서

그대 넓은 가슴 끝자락에

차갑게 떨고 있는 조가비 서넛 사려 넣고 왔네

까맣게 먹칠된 밤으로부터

젖은 바람 사이로

서걱서걱 속삭이는 밀어들

그들이 부서지면

낮달처럼 허연 내 마음이

저벅저벅 찾아가고 있는 바다의 한 모서리에

내가 부서진다

만월滿月

그렇게 떠오르면
내 살아온 날들이 그리워서
합장을 하리라

생과 사가
다르다 말들 하지만
그래도
그 가슴,
가슴으로 달은 떠오르리라

오늘밤도
포개지며 접어지며
갈피를 만들어가며
유적한 달빛 속으로 내가 걸어 들리라

또 다른 봄날

뒤뜰을 서성이다가
따뜻한 햇살 아래 비껴서 있는
2월부터 유난히 입가에 맴돌던 노래
"산 너머 남촌에는"
내 사유의 울타리 안에서 곱게도 피고 있었네

하동,
지난봄 이때쯤 몸 푸는 몽환의 꽃밭에서
한자락 마음 내려놓고 왔는데
미련 남은 오체투지의 저항 한 움큼

또 다른 이 봄날
꿈꾸는 뜰에서 마저 내려놓으라고
산수유 꽃 그림자
실바람에 배시시 웃고 있네

그대는

새벽 여명일지도 모른다

붉은 노을일지도 모른다

어둠이 질척이는 밤일지도 모른다

햇살이 너울지는 양지바른 언덕일지도 모른다

불어 올린 물방울의 무지개일지도 모른다

하늘에 퍼져가는 구름의 흔적일지도 모른다

궁금하여도 차마 물어볼 수 없다

늘 그대는 내 안에 없다

무심의 꽃으로

오늘은 기어이 떠나야 한다
타는 갈증으로 내 몰리듯 길 위에 서야 한다
얼어붙은 시베리아 바이칼 호수를 꿈꾸며
설원에 누워 널름거리는
푸른 바다를 향해 가야만 한다

이제 마음을 얘기하지 말아야 한다
이성과 본성의 차이가 무엇인가 묻지도 말아야 한다
검은 가슴에 붉은 봉인을
둔탁한 손으로 붙여야만 하고
그 마지막 위로를 받을 수 있는 곳으로 향해야 한다

내가 나를 믿지 못하는 허위의 처방은
심지째 뽑혀 날아가고
자존심은 추를 단 부채일 뿐
모두 알고 있는 비밀로 무너질지라도

당황하지 말아야 한다

그리하여
쓰러진 내가 파도 소리로 남아
뿌연 장막이 걷히고 등대불이 빛을 잃을 때
푸른 살이 돋아나기를 기다리는 거다

무심의 꽃으로 다시 피어나기를 기다리는 거다

즈믄 날 바라춤

한 해의 마지막은 늘 쭉정이 같은
실의가 움푹한 버거움이다

까칠한 솜털은 보송한 봄볕의 가시처럼 박혀
움으로 솟아 아지랑이 너울졌고

꽃과 잎 무성하여
대궁은 민소매 드러내고
강물은 여울도 없이 장삼처럼 흘러
생명의 젖줄 들판을 살찌웠다

알알이 맺어진 공양은
숨 쉬는 모든 이, 포만의 보은이었으나
들판은 그렇게 다시 비워져가고
시린 하늘도 빈 몸으로 빈 몸으로
사위어가고

비단 필 넓은 들엔

흰 눈 바라춤의 오로라가 예사롭지 않다

당신에 대한 일기

쪽빛 하늘
잠자리 그림자까지도 집어낼 수 있는
그런 하루였어요

손끝으로 조금만 눌러도
얼룩진 물방울 뚜욱 떨어질
그런 하루였지요

그런데요
자꾸 어지럼증이 나데요

고개 꺾고
하늘 속 바라보다가
현기증 때문이었을까요

눈앞이 흐릿해 그만 당신께로 주저앉았어요

혹 당신 내 무게를 느꼈나요?

휘거적, 휘거적이는 당신 ㅅ;ㄹ ㄹㅜ ㅇ ㅓ;ㅅ
난 끝없이 흔들리는 초점을 부여잡고 당신의 하루에
일기를 기웠답니다

파도

1
목마른 몸짓으로
푸른 진실을 원하며
써 내려간 수많은 언어에서
가슴을 타고 흐르던 환상들
침묵으로 출렁이는 너로 하여 깨달아야 했다

어지럽게 비틀거리며 떠나가고 돌아오는
발자국을 보며
네게 향한 그리움
오래도록 미덥게 출렁이고 싶었다

2
살아가는 까닭이 사랑이라는
빛나는 떨림으로 내 눈은 멀고
내다볼 수 없는 불투명함 사이로

어른거리는 또 다른 삶의 조각들

흔적만 새기어야 했다

그러나 나의 변증법으로

사랑도 되었다가 미움도 되었다가 그리움으로 남을

너의 눈에 나는 허공에 핀 꽃

열매 맺지 못한 붉은 꽃잎으로 남으리라

그리하여 거칠게 밀려오는 파도 위에

침묵으로 떠 있는 등대의 뜻을 이제는 알게 되었구나

두고 간 사람아

사람아

그대 고운 기억들

밤하늘 별빛에 녹아

대지 위에 흩어지고

가슴 저미는 애달픔

찬 서리로 내려앉는데

시간이 지나면 잊으리라던

그 말들은

가슴속 앙금으로 남음을 뜻하였는지

포개지는 아픔의 소리 깊다

시간의 깨달음

실존의 깨달음이

자아를 발견하면서

다시 태동된다던 그 말들로

창밖 어둠 속 고요가

그대 환영 선명하게 하고

그리움 더욱 깊다

사람아

오랜 시간이 흐르고 세월이란 단어

무수히 떨어지면

그대 그리움 아름다웠다 하리

붉은 해질녘이었다 하리

열꽃

문득
돌아본 날들의 뉘우침이
강물을 거슬러 가슴 한 켠 힘겹다

마주한 낮빛
허울 속에서 달아오르고
빛줄기 모두 나를 분해시키는 아릿한 고요

너와 나 기억의 흔적 남기고
여백을 남긴 채
쓰러져가는 모습들

이제
떠돌던 연민들은
제 체온을 삭혀 가두고
잎새 진자리 열꽃이 무성한 밤,

그 밤에

나는 지친 한 줌 삭신을 끌어안고

신열의 쉼표를 찍는다

빈들

들판에 어깨 쳐진 헌 선비
남루한 그리움으로 지난날을 펄럭인다
급하게 허둥이던 세월들이
휘어진 어깨 위로 내려앉고
적막에 길들어가는 빈 몸이 되어서야
몰랐던 내가 보이고
깊은 속내까지도 가릴 수 있는
무상의 주머니 풀어 날린다

2부

내 상처가 옹이였다

내 상처가 옹이였다

외로움이 길어지면
겉은 고집과 아집으로
야무지게 방어를 한다지만

속은 결코 그게 아니라는 것
나중에,
나중에서야 알게 된 것이지

내 삶 깊게 박힌 상처
그 상처 옹이가 되어 도리질 치면

나도 모르게 만들어진
단단한 벽으로
이렇게 내가 굳어가고 있음을 어찌 알았으리

2월

가끔 메마른 겨울을
헛기침 닮은 빗소리가 적시고

추녀 끝 고드름은
대지의 봄을 깨운다

진달래 분홍빛 기지개에
개나리 새 촉 같은 연두색 유화물감이 넘실대면

혼곤한 호랑나비
겨울자락 씨방 자욱이 움켜잡고
봄의 오르가즘을 느낀다

난, 그 2월을 앓는다

산책길

사마루[*] 둑길

물오리 한가롭고

경안천은 합수머리로 진을 칠 때

모롱이 휘 돈 바람결이 어깨에 내려앉을 쯤

가을 시린 햇살은

익어가는 들판 윤슬 빛으로

허기를 채우는데

혼자 걷는 길에

문득, 그대

그댈 부르는 소리

아득히 부서지는 소리

물길도

---

*경기도 광주시 초월읍 신익희 선생 생가가 있는 마을 명

들판도

주춤 돌아보는 해질녘 산책길에 살포시 안겨오는

노을 한 자락, 끝마디에 내가 서성인다

달 항아리

가지 끝 걸터앉은 널 두고
달그림자 선명한 미완의 항아리
그 어딘가에 붓을 들었다

언제부턴가
관능이 화려함을 쫓는 모습으로
나는 늘 냉철한 직관을 밀어내고 있었다

붉은 불덩이 환상으로
허공에 띄워놓고 춤사위 휘날리며
난 어쩌자고 그토록
아득한 출렁임 되어 너를 부르는가

고요함도 빛바램도
바람과 구름도 모두 숨이 멎는 순간의 마디에서

아! 나는

저 달 어디에 붓을 찍어야

이 산고를 멈출 수 있겠는가

토우 2

천 년을 살아내고 다시 천 년을 기다리더라도 비록 불로 얻은 생명이지만 그대 곁이어서, 영혼이 가득하여 빛도 숨도 없는 무언의 깊은 땅속이어서, 그대 나의 빛이어서, 난 그 어떤 부귀영화도 빛바랜 모습들 내가 그대의 품결에 함께 있다면 깜깜한 돌곽도 온화한 빛이 머물고 편안히 잠든 그대 모습 바라볼 때마다 내 몸과 마음은 수백 번 수천 번 향기로운 제물이라면 난 그대 흙이리 백년천년 기다리면 행여 나에게도 따뜻한 온기가 흐르랴만 당신은 늘 내게 영원의 행간을 채워주는 여정이 있으니 언제나 외롭지 않을 동반자로 오로지 한 줌 흙으로 다시 태어날, 나를 기대하지 않으리 고운 태양 아래 그대 발아래 폭신한 길을 내어드리진 못했어도 이 깊고 눅진한 어둠 속에서도 도란도란

우리 이야기는 천 년

가고도 가뭇한 훗날

어느 이의 손길에서

예서체로 옮겨질 때
그날 우리들 여행은
여명을 맞이하리
행복했던 이야기들로
서러웠던 이야기들로
무덤에 하얀 꽃 한 줄기 피워 내리라

때론 사는 일이 죽음에 이르는 일보다 더 큰 무덤일
수 있으나
나의 여정엔 단, 한 점 토우가 없으니 서러운 꽃들만
무성하네

눈꽃

자고나면 피는 꽃

입춘에 피는 꽃

마른 가지마다 지천으로 피는 꽃

그대 내 앞에 환희로 피는 꽃

우리 집 앞마당, 뒷마당

목화꽃

접시꽃

시린 눈꽃

그곳은 늘 겨울이 지나는 길목이었다

봄비

비는 내리고
벚꽃잎 수놓인 꽃길을 달립니다
당신께 닿을 수 있으려는지
서늘한 죽비로 뒷등을 깨워도
마음은 가지 끝에 물방울로 맺히고
고뇌와 연민의
서로 다른 가슴앓이로
후드득
툭
툭

당신

당신이 두고 간 내 의무의 언저리에는
오늘도 이슬이 마르지 않아
촉촉한 습기로 시작됩니다

투혼의 결정인 유작들을 마무리하며
넋이라도 찾고자
망연히 하늘을 바라보다가
이슬로 내리는 당신과 만납니다

당신이 두고 간 내 책임의 언저리에
영글지 못한 열매가 이리도 많은 줄은
미처 알아채지 못했었는데

당신이 만지다 간 흙이라는 이름이
내 남은 생애의 화두로 남았습니다

뭉그러지면 빚어 올리고
뭉그러지면 빚어 올리고

오랜 뒤에 윤회의 길에서
당신을 만나면
끊임없이 밀어 올린 하루하루가
내 생의 희열이었다고
당신에 대한 그리움이었다고

그렇게 당신께 오래 기억되도록 전해드리겠습니다

홀씨

벌판 마른 억새

끊임없이 몸부림치는

깊고 야위어지는 기억의 조각들

꽃을 낳은 바람

환생을 꿈꾸며 날아오르는

흰 나비 혼령들

황량한 어둠 속에서

결코 굴할 줄 모르는 신비를

서늘히 느껴지는 불멸의 징후를

온몸 붉게 무너지는 눈부신 허공 끝으로

대지의 자궁 속으로 사위어가는

그 길이

멀고도 고단하여 난 하나의 깃털이 되고 맙니다

보슬비

오늘은 종일 보슬비가 심연을 파고드는 그런 날이었
습니다
봄 훈기 담은 비는
어설픈 그리움을 가슴께 흩뿌려놓고
소소히 떠나고 있습니다
님의 피사체
보슬비 가녀린 그늘엔
그림자가 없습니다

오늘은 종일
내 마음은 보슬비였습니다

발자국을 지우며 떠난 그대는 뉘였던가요

4월의 꽃망울들

욕망으로 풀린 지천의 아수라
가지마다 비릿한 연대기가
바람에 업혀 온 천지를 수런거리고
한꺼번에 터지는 푸른 시위들

꽃들
배꽃 복사꽃까지
위태로운 벼랑 위에서 농염을 키우고
겹겹 부력으로 꽃잎 피워내는
부력이 빠진 꽃의 거푸집
그 곁으로 그늘도 짙어온다

컨테이너 동순 할머니 방
창문을 서성이는 꽃잎들
족쇄로 굳어가는 여문 시간
흐릿한 노인의 눈길 너머로

어둠이 얼핏 스쳐 지나간다

아수라 꽃잎 피고 지는 속을
어지럽게 응얼거리는 바람
내 오랜 불망의 세월도
종래엔 떨어져 수월레를 도는
흩어지는 꽃잎 같은 것임을 알겠다

고목

단지,
고요함에 의지한 채
안으로 안으로
아우성치는 저 바람 깊이를 뉘라서 알겠는가

물관의 삭신도 삭아 그저
구르는 갈잎도 제 것인 양 석양에 물든 몸

산 자 비듬처럼 떨어져 흐느끼는 표피 한 조각
다 낡아버린 이파리 계절은
속울음으로 옹이가 되어

된서리에도 차가움을 잊고선 너의 노을에서

어찌 꽃을 노래할 수 있으랴만
한 걸음 떨어져

쳐다본 우듬지에 참매가 선회하면

어림잡아 네 밑둥치가 이리도 낯설겠느냐

수채화

몽글몽글 피어오르는

목화 구름 베고 누워

제 향 펼치지 못해

가슴에 빈 방 하나 치워 놓고

하얀 화선지 연둣빛으로 물들였습니다

여울목에 빼꼼한 새순은

황톳길 아지랑이 손끝에서 수줍고

설월리 밭두렁 이랑 사이

멧새들의 울음이

그리움으로 흥건해질 때

이 봄 슬픈 화가의 절창이 앞산 기슭에 메아리진다

바람결에 찾아온

길손 4월은 제 맘 줄기마다 연둣잎 풀어놓고

짙어지려 몸부림치다

화선지를 펼치고 보니

어느새 냉큼 채색된

깃마다 노을이 짙다

꽃상여

– 시어머니를 모시고

가을 잎에 부는 바람
구순 세월 떨구고 가는데
아득히 펄럭이는 만장의 긴 그림자
먼 하늘 빗물지는 소리 들린다

사랑의 가시로 발목 엮어
뼈와 살 아낌없이 다 내어주고
긴 세월 굳은 살갗 더디더디 잡아보니
고부 인연 눈물방울 떨어져
가슴속 함지박에 가득히 고였다

10월의 물결 흔들리는 한낮
한 세기를 떠받치며
요령소리 구절구절 하늘 길을 두드리고
화사한 꽃상여 걸음걸음

이승의 날들 접고 접어 넋두리 사려두고

먼 세간을 떠나간다

동백꽃 잔영

봄이 가장 먼저 온다는 동백섬에서
내 찾던 이 있음에
그대 손짓을 바라보며 섰다

모두를 얻으려 진정 하나를 잃어버리고
세월의 한 모롱이
이쯤에서 군락 속 헤집어보니
아픔은 늘 그 자리였다

멀리 뭍에서 널 바라본다

지나버린 어떤 것도 되돌릴 수 없지만
붉은 태양은 언제나
그 숲을 물들이는데

그대는 동백꽃 속에 남아 홀연한데

나는 흔적이 없고

툭!

목덜미 내려놓는 아련함이 서린 너의 잔영에 내가 붉다

눈 덮인 적막, 그 여행지

싸아한 위풍이 여전히
코끝을 맑게 합니다

아침 창문을 여니
여행 행선지가
확연히 떠올랐습니다.

힘들여
멀리 꿈꿀 필요 없다는 것을

눈
가득 덮여 적막이 멈춘
내 집 넓은 마당이
이제야
내 심신이 쉴
여행지였다는 사실 까맣게 모르고 지냈습니다

그랬습니다

옹기종기 모여드는 햇살을 외면한 채

그저 먼 곳만 바라보았던 사실에

서까래 하나하나를 보며 목례 올리고

돌아서려는

내 목덜미 확 낚아채는 이 있으니

뒷산너머 노을에 기댄 한 줌 햇살이었네요

당신이 떠난 그날 후

당신이었지요

우리들의 울타리를 홀연히 떠난 날
나는요.
벼락 맞은 가슴속에
남겨진 살점들 끌어안고
침대 옆 바닥 구석에 꼽추 등처럼 웅크린 채
잠이 들었습니다

이승과 저승이 한 얼굴과도 같이
나란히 손잡고 걸어갈 수 있음도 처음 알게 되었던 날,

그날이 앙금처럼
들숨 날숨에 폐부 깊이 저미는
이 슬픔을 혹 당신은 설명할 수 있으려나요

공모전 수상하는 날,
당신을 기억하는 지인들의 갈채 뒤엔

도예작가란 빛나는 이름표는
내 가슴에 수정같이 차가운 주홍글씨로 새겨 진
그날 이후에
침대에 반듯이 누울 수 없었던 것은
당신의 무게가 버거웠던 것이지요

이제 갑옷처럼 무거운 당신을 벗어두고
깊은 잠에 빠진 한 여인이고 싶습니다
그리 잠들고 싶지요

봉포리

파도소리 온몸을 휘감은 속으로

밤새 물젖은 몸 바다였다

진저리치게 찬 칼바람

파도를 할퀴고

굳어가는 몸 따라 누웠다

보름달 산산이 부서져

윤슬로 다시 빛나고

평형으로 누운 내겐

어둠을 상처 낸 별들뿐

사념의 바다

버리지 못한 일상의 꿈틀거림은

한낱 허무한 무게 그것일 뿐

무엇으로의 몸부림이며

무엇을 위한 갈망인지

정체성의 실종으로

고뇌 그 욕망

마른 바다에서의 일탈로

단지 지금

분해된 나

솜털보다 가벼이 떠 있다

목마름의 일탈

고갈의 일탈

속초 봉포리

등대 불빛이고서

메아리 없는 독백

빈 들을 잠재운 빛
푸르다 못해 눈길마저 닿지 않는
그곳에 까닭모를 침묵이 멈칫거린다.

그래,
까닭 있는 침묵이려니
늘 벼랑에 쌓여 내 섶을 떠나지 못한 상념은
내 잇몸 사이에서 되새김질로
나를 시험하고 있을 때 목울대를 타고 넘는
한 잔 술에 진저리치는 것의 자리는 독백이었다.

바램이 일상과 거리를 유지하는 사이
나를 몰아세우는 메아리는
늘 나의 존재감을 허상이게 하는
그것도 독백이라 했지.
시간도 무너져 갈피를 만드는 자리에

가슴 한 켠 남아 있을

서러운 연민을 마지막으로 뒤집어쓰고 혼곤히 잠든

그도 늘,

독백이었음을 허물이라 하지 않으리.

태동

여전히 기별 없이
새벽 찬 이슬,
마른 가지 날 선 설화는
아직은 엄동인 채로
칼바람 헤집고 다가온 한 그림자

동면의 회색겨울은
차마 내색할 수 없었던 설렘
지층 아래 꿈틀거리는 생명의 무량함
모태의 탯줄 잡아
네 태동은 이미 시작 되었구나

멀지 않은 시간 포효하며
언 땅 위로 솟을 그대
아득한 영혼의 오르가즘이여
생명의 희열이여

마른 가슴 태우는 환희의 불꽃으로 새롯이 오라
그대여!

화진호, 그 바람소리

다시,
화진호 눈 덮인 호숫가에 섰다

호수는 그렇게 무거운 몸서리를 치며
노을 진 그림자를 내 앞에 세워둔다
형체도 없이 허공에 숨어사는 그대,

몸으로 거듭되는 어제를 지켜보며
의욕의 나무 뿌리째 뽑힌 자리에
생살이 돋아나지 않는 무상의 그림자

차마 놓아버리지 못한 영원의 묵도는
고요하고 아슴한 침묵으로
흔들림마저 얼어붙은 호수 위
돋은 새살 두께의 어름 층으로
표효하는 거친 호흡

내게서 빠져나간 몸 하나 가부좌 한 채
화진호 세찬 눈바람에 날리는 것을 본다

생사 구별은 결코 무관할 수 없음을
애증 뒤에 오는 턱없는 절망이 멀리 갈수록
가끔 푸른 달빛으로 찾아와 더욱 시리게 할 뿐
시간은 빛과 어둠을 인질로 잡고서
한 생의 번뇌를 씻어내는
하늘 향해 버거운 살풀이를 한다

부서지고 부서진 최후의 빛살로
백 년쯤 뒤에나 무상의 기쁨으로
웃음만 남을 그때
당신과 나 마주하고 싶다

텃새

꿈은

먼 어제의 물결 속에 대롱거리고

세월에 턱을 괸 나는

한 마리

탈진한 텃새를 닮아 있다

사계절

변함없는 우짖음에

가슴앓이 알길 없는 연륜은

무심함에 덧없고,

쥐여지지 않는 그 무엇을 나는 그리도 긁어모으려,
모으려

앙금으로 내려앉은 땀방울이

주르륵

볼을 탄다

흐르는 세월에 잊었거니

돌아 본 유년 속에

난

작은

멧새 되어

푸드득

어디로 날아, 어디를 배회하는 것일까

혹 나는 철새를 꿈꾸어 왔는지도 모를 일이다

계사년 이천십삼 년 끝자락

한 배에 올랐던
12채 365 소솔한 낱알
여문 숨도 쭉정이 쉼도 가없이
다가왔다가 묏바람 지나쳐

붉은 잎새 여울목에 띄워
엄동 눈보라 채 벗어두지도 못하고
꽁지 빠진 알몸으로
조개구름 지치지 않고 두물머리를 타고 넘는다

지우려 해도 사려지지 않는
그대 나이테
그 옹이만
부질없이 나를 앞세워
뒷장을 기억첩에 설레설레 뭉쳐 넣는다

단풍

나는 언제나 해질녘이었다

강기슭 여울에 걸리는 물줄기 위로
그대 그림자
띄우고 지우며
나는 마음에도 없으면서
끝없이 그대를 밀어 내고 싶어진다

그런 해질녘이면 어느새
가슴께 심장 핏빛으로 파고들어
이제 내 눈앞
짙은 여울목으로
미련 없이 몰아치는 붉디붉은 가을비여

기다림

강기슭 서걱거리는 소리 있어
바람의 길임을 안다
순산한 들판 위에 소롯이 선명한
길 한 오라기,

내일이면 어느 길에 발자국을 찍을까

수많은 언어는
바람의 소리로
흔적 없이 떠나고 다가오는 것을 느낄 수 있음은
마른 풀잎들의 여민 속삭임일 게다

흐르고 지워지는
비어 있는 들판 위 나를 풀어놓으면
노을로 사라지는 끈 타래에
난 들풀처럼 자유로운 방황을 시작한다

겨울 들판은 나를 차갑게 세워둔다

저기 기다림으로 날이 선
눈먼 사랑 하나,
사유를 떠나 아득히 지치면
난 그대로 피어오르는
기다림의 한 모롱이를 돌아서는 길이 되고 만다

3부

석류 항아리

석류 항아리

소쩍새 밤하늘 애끓는 소리에
가마 밖 별빛들 촉촉이 일어나고

속으로,
속으로 엉켜든 애절임은
굳어버린 엄지의 고통이었지
상아빛 순결한 모태로
애면글면 물레를 차며 형상을 빚어갈 때

잉태의 속울음은
온몸 핏빛으로 물들기를
불 앞에서 드린 간절한 기도
그 답이었던가

붉디붉은 철화를 고스란히 입고 선 자태

오호라 너였구나!

어스름 새벽 달
연못 속으로 자맥질 할 무렵
가녀린 목덜미에 기대섰던 소슬바람 한 자락
새벽을 깨우고 갔지

자궁 속
1300℃ 붉디붉은 숫접은 산고로 삭힌
청아한 인고의 보석
그,
한 점 빛이
앞산자락 물들이면
초록 별무리 돛을 세울 때

마디마디 지문을 잃은 도공의 생채기로 울컥 각혈을 한다

나의 심상心想엔 언제나

비가 오면
언제나 바다에 돛을 띄운다

맑은 하늘 태양이 없어도
조각배 고동소리 없어도
비 젖은 마당에
기억의 초상들 데구루루 왔다 사라지는
모두가 그리우면
언제나 바다에 떠 있다

검은 바위 부딪는 소리 없이도
포구의 비릿한 아우성 없이도
여름날 호박잎 사이로 반짝이는 은빛 비늘이 보이고
지나온 발자국마다
지우다만 이야기 여운으로 올 때면

그러다 문득
네가 떠오르는 바다 위
비에 젖어 고개 숙인 망초꽃 같은
내 작은 그리움 한 조각
또르르,

네가 보고프면
나는 언제나 바다에 떠 있다

무수리* 초상집(喪家)

곡소리 허망한

어둠은 저승사자의 입김처럼 스며와

초상집을 더욱 짙게 감싼다

문상객들 조문 때마다

상주의 애달픈 곡소리는 삶의 부질없음이

회한으로 떠돌고

하늘 별들마저 슬픔으로 깊다

집 앞 도랑엔 떠나지 못한 망자의 넋이

슬픈 노래로 흐르고

무수리 외사촌 시동생이 모닥불을 뒤적이고 있다

일렁이는 조등이 그의 그림자를

이리저리 흩으러놓고

주머니에서 한 움큼의 뭉치를 내려놓는다

타는 불 속에 한 장씩 던져질 때마다

───────────

*무수리: 경기도 광주시 초월읍 무수리

108

종이는 아이고

아이고－오

깊고 한 서린 곡哭소리를 낸다

한 점 불꽃이 되어 날아오를 적에

끝내 상주는 주저앉아 어깨를 들먹인다

어둠이 낳은 은하수 한 자락이 무수리 그림자를 삼켜

버렸다

4월의 언저리

나만의 은밀한 곳
고요하게 감춰두었던 아릿함이 있다

때론
회오리바람처럼 세차고 모질게도 등줄기를 후려친다

아직도 곰삭혀지지 않는 기억은
돌담 안을 서성이며 한 올 한 올 시간을 깁고

신열로 들뜬 육신의 세포
몽글게 세워놓고
텅 빈 아가미 속으로 굳어가는 엄지를 외면하고 있다

아
아!
초승달, 그윽한 밤

목덜미가 시린 목련 한 잎

오늘도

그댈 향한

초야의 경끼를 시작한다

예비된 탈출

비가 내리고
화단에 지쳐버린 맨드라미 꽃대에
매미 한 마리 울다 가고

작은 상자 옆에 흐린 눈으로 엎딘 누렁이
오래전 실종된 자유를 지우다가
큰 기지개를 켜고
찌그러진 양은냄비에 담겨진 물
처연히 마시고는
부채꼴로 서성거리기 시작한다

습관처럼
흘끔흘끔 내 눈치를 살피며
꼬리를 낮게 내리지만
이따금 낯선 침입자인양
독기를 뿜으며 쏘아보는

서슬 퍼런 눈빛

그의 예비된 탈출이
저 빗속을 짖어대고 있다

지난날

허허한 산

잎새 진자리에

두터운 딱지로 남아서

나 그때처럼

여전히 당신과 함께하며

여기까지 왔다고

오늘밤

흔적을 남기고 여백을 남긴 채

형상이 되었다고

스스로 묻고 답하느라 곤한

새벽을 맞는다

폭설

돌담장 안이 남극이다

눈 무게에 모두가 기절 중

장 방향으로 돌며 밤을 지배하던

두 마리 백구도

토막 잠속에 칩거 중이고

담장 밖 가로등도 빛이 바래 희뿌옇다

진새벽을 앞질러 온

창문 안 햇살에서

서정은 늘 나를 행복하게 하고

끝없이 내려 쌓이는 눈더미에 세상은 정차 중이다

창가에서

하루 종일 눈이 쌓이는 동안
가슴에 여미었던 아픔이
올을 풀어 무릎 위로 떨어진다
산 능선
그저 선으로만 걸려 있고
다시는 명암이 바뀌지 않을 것처럼
눈이 오는 동안

가슴에 줄타기 해오던 얼굴 하나
찰나의 빛과 같아
오늘도 그날처럼 차가운데
여직 황달을 앓는 내 가슴은
얼마큼 세월을 더 보내야
오롯이 너와 나로 설 수 있는 것인지

저녁 어스름이

망연한 그리움에 젖어 있는

저 흰 천지를 가슴에 안는다

도토리

탈색된 누런 껍질을 고쳐 쓴

웅크린 몸 하나

어디로 떠나려 저리 구르고 있을까

바람 한 점 들리지 않은

정갈한 신음소리로

길 위에 엎딘 그는 구르고 있다

다닥다닥 붙은 이슬을 털어내고

푹 꺼진 새벽 물빛에

고요로 그을린 껍질

그 껍질 벗어두고 떠난 이,

그는 나그네였던가

나는 어찌하여

그의 부재를 이토록 궁금해하는 것일까

분명,
내게도 벗어두지 못한 껍질이 있음일 게다

가슴앓이

– 속초

망설였었지
가차이 느끼고픈 숨소리를
먼, 무음으로 다가올 발자국 흔적이라 기도했지
그 기다림을
덜컥 세찬 너울이 삼켜버리고
하얀 거품만 멍울질 때면

나는
또 하나의 기대를 잉태하고
쉼 없는 나날을 키워놓고 아픔이란
씨앗을 양수도 없이 순산한다

한 타래 한 타래
풀려버린 낚줄 끝으로 무수히 쏟아지는 별 하나
매달지 못한 채
뭇 기억들 소롯이 잠든

그곳에 나도 팔 베고 웅크린 채 누웠다

종이배

그대에게 닿으려
종이배를 띄웠습니다

나도
따라 흐르며
물소리에 젖기도,
서녘 노을 화덕처럼 싣고
어둠의 물살 가파르게 지쳐갈 때

  수직으로 허공 긋는 유성은 내 가슴에 선혈을 피워냅
니다

  강하나 만들었습니다.
  그대 가차이
  닿으려
  닿아도 닿아도 맑어지지 않는

뽀얀 그리움 하나

이제,

사공도 없는 종이배에 돛 하나 세워 떠나보내렵니다

쉰아홉의 위안

어깨 시린 바람 한 줄기
헛디뎌 땅이 흔들린다

고플 것 없이 자꾸 고파지는 허기
사람이 그리운 것이다
고무통 연못에 화사했던 연잎들
다발을 묶어 본다
마른 것들도 물을 짜면 아름다운 것인가 보다
나도 이쯤에서 한 생을 묶은
다발에 꼬리표를 달아두련다.
결코 마른다발이 아닌
너무도 선명한 물길이 내밀한
내 나이에 위안을 본다
대상포진이란다
차라리 앓으면 편할 것을
주술처럼 걸린 최면에 나의 면역이 마른버짐으로 핀다

다니던 길이 멀쩡히 낯설고

가다가 어디로 가는지 순간 막막하다

그대로 멍해

진종일 대문만 바라볼제,

자지러질 듯

울리는 폰의 애잔함에

왈칵 무엇엔가 자꾸 헛디디는 가쁜 열기

추운데 어디가 추운지 모르게 춥다

감나무

더는 몇 알 남은 연시를 취할 수 없다

감나무 우듬지 목덜미에 대롱대롱
어느 바람일까?
어느 보시일까?
제 목을 댕강 묻어버릴
저 애처로운 연시의 주인은 내가 아니다

바람과 빛 품에서 온갖 새 손들의
눈길 피해 찰지게 물러온
보이지 않는 절망 한 줄기에도
늘 흔들림 없이 서성인 시간들이 고요하다

잠시, 내려앉아 제 몫인 양
부리를 노리던 산까치 한 쌍 어느 발걸음엔가 놀라
날갯짓이 위태롭다

사라진 정

차가운 현실 앞에

날카로운 쇳소리 닮은

텃새 소리만 허공에 가득하다

계절이 잎들을 모두 데려간 뒤

알몸으로 찬바람 매서운 눈길에

설움이 녹아든 감나무 우듬지 끝에 아스라한

하현달처럼 빛바랜

계절의 속삭임이

쪼그라진 연시 속에 가득 배어 있다

높은 대궁에 한 줄기 섬광이 투명한 진액으로 흐른다

눈 속 언어言語

차갑고 아득하다

잠들지 못한 새들
흐린 포물선 건너서
천지가 하얀 숲 꼭지 위로 날아가고

밀대를 잡은 손 떠돌다
물방울처럼 떨어진다

끝없이 올려다봐도
내리기만 하는
무한의 공간 향해
숱한 절망과 몽상에 사로잡혀
삐걱거리는 조각 마루에 앉아
침묵을 흔들어 세어본다

엉덩방아 찐 꿈 사래

짙은 눈밭 속 허우적거릴 때

어눌한 손에 핀

날선 단어

자음과 모음이 흘러

눈과 눈 속에 언어가 되고

늪 속 희뿌연 의식은 시를 짓고 있다

다시 한 번 꼭 다시 한 번

내 영혼 푸른 햇살을 흔들어 깨워야 한다

시맥을 찾아 걷고 싶다

고향의 바다

꿈을 타고 어디메쯤 왔을까

비릿한 향기

늘 가슴속 멍울진 그리움이

오늘도 꿈속까지 끈을 이어

귀를 열고, 가슴을 열어

등줄기 허연 파도 소리와 갈매기 소리를

투명한 고요로 너울거리는

간절한 몸짓

꿈속 어디메쯤 왔을까

오래 떠나와 너무 간절한 곳

신새벽을 가르는 통통배 소리도

피 토하며 떠오르는 태양의 용솟음도

세월에 탈색된 파도,

귀 열고 가슴 열어

몸부림치다가 치다가
홀로이 잠 깨어
간곳없이 사라진 허망한 바다

그곳은 나를 키워낸
어머니의 양수였던 바다
고향이었음이 이리도 애달플까

무제 1

내 사랑도 저럴지 몰라

하염없이 휘날리는 눈발이
바다에서 흔적이 없네

그저
너울진 검푸른 출렁임만 있을 뿐

무제 2

폰과 폰 사이로 흐르는 한 가닥 전파
청실홍실 길게 무지개로 떠 있었네

그러나
순간 메아리도 없이
사라지고 마는 것을 몰랐었네

이방인

어둠이 짙은 바닷가 횟집
눈 덮인 젖은 풍경을 옮기고 있는
파도소리가 깊다

어디서 왔는지 어디로 가는지
한 잔 술 비울 때마다
가슴앓이 상처로 비늘 되어 뜯기고
우는 바람소리 파도 위에 눕고 있다

이방인 되어
숨 쉬고 있다는 것, 살고 있다는 것이
엄동에 칼바람 맞으며
버티고 있는 것이라 생각하면서
지나온 후회들 용서도 하면서
서서히 거친 파도소리에 침몰한다

떠나는 소리

소리 잃은 핸드폰

파고드는 바람

숭숭히 비워가는 가슴

작게 혹은 크게

그렇게 스미는 바람소리 있다

기다림

기다리는 깊은 고요

비어 있는 문자함

밤을 밝히는 충혈된 눈

흐

리

다

빗소리

이별은 제 속을 갉아먹으며

눅진한 그리움 사태를 들먹이고 있다

푸석한 얼굴 감추려

오래도록 얼굴을 씻고

정성들인 화장기는

십여 년 어두운 그림자를 해갈시킨다

나지막이 기왓장 부딪는 소리는

거울 속 오로마니 나를 적시고

존재감이 함몰되는 그런 날

나는 수많은 정신세계를 들추고 또 다른 추상화를 그

린다

끝인가 싶어 일상 끈마저 놓고

탈진한 영혼 곤두박질치는

그런,

그런 날에는

이별의 아픔도 권태로워지는

노여움이 빠져나간 언저리

두려움이 비껴 선 언저리에

흥건한 눈물을 가장한

빗줄기가 아프다

해녀의 꿈

내 고향 집실에는
마을 한 끝자락 모롱이에 당소나무가 있다

지대가 높아
푸른 수평선이
손에 닿을 만큼 들여다보이고
당나무 그늘을 은폐물 삼아
자맥질하는 해녀들
지켜보는 것이 큰 재미였었지
짙푸른 바닷길을 유영하며 쉼 없는 자맥질이 신기해서
휴유-이
날숨과 들숨소리가 신기해서
가쁜 숨 몰아쉬며 알아듣지 못하는
제주도 방언이 너무 신기해서
배고픔도 잠시 잊고
내내 해녀들 물질 보며 놀았지

학교 가는 나이 되어서

그 바다를 떠났고

중년이 되었다

지금은

그녀들의 자맥질이 그리워

당소나무가 있는 바다

꿈길 해녀들 찾아가 보지만 그림자만 아득하고

먼 수평선은 내내 안부도

전하지 못한 채 침묵의 채색에 여념이 없다

봄날

틈틈이 찬바람 훑고 지난 자리에
새 촉 같은 빈 맘으로
우러러본 하늘 샛길에
고단하게 다가선 그댈 맞이했으니

여직 남은 겨우내 묏바람
여린 가지 몸 살라도
그댈 향한 기쁨 있음에
모진 태동 눈 틔우고
철없는 꽃망울은 벙글어
자지러지는 꽃잎 수초처럼 나른한데

산수유,
청매에 서려 앵두꽃이 낱알같이 흐드러지면
오! 오 목련의 설움
초승달이 지고

둥근달이 떠오르고

지는 꽃들은 설피설피 아지랑이 품으로
그렇게
그렇게
봄날은 가고 있고
시어詩語를 품은 나는
담장 밖을 서성이고 있다

나이

하루치 삶을 사는
하루살이도 시간의 나이테를 두르고
가로등을 쪼고 있는 시간

내게
얼기설기 모인 시간은
손마디를 굵게
주름을 얼룩지게
머리카락 올마다 서릿발 성글게 하는
태엽 쉼 없이 감아가는 하루
그런 한 날

어둠을 두른 갓
닫힌 창엔 한숨이 자욱하고
순간을 초월한 내 사랑 곤한 잠 위에
천근 무게로 내려앉을 때

나이테 품은 은하수는

먼 유배 길에 나른하다

씨앗이여

겨울 잠바 꺼내어 입다가, 한참 입다가

문득 주머니 속 손에 잡히는

작은 씨앗들이 있다

언제더라 아들과 산책할 때

전봇대 받침 줄 타고

더러는 꽃피고, 더러는 씨앗 품고

그렇게 우릴 반겼었지

해거름 저녁나절

그냥 지나치다 아들과 내가 동시에

내 뱉은 말 '씨앗이야!'

연분홍빛 메꽃이었지

내년에 심어보자 했던 것인데

한 해를 그냥 지나쳐

잠바 주머니에서, 누런 궤짝 속으로

잉태의 기회마저 회수당하고

추운 겨울날

덜렁거리며 끌려 다니다가

잊힌 마른 생

손바닥을 펼쳐 들고서는 '그래 그 씨앗이었지'

이 무슨 안타까운 운명이

아들과 내게 안 보였더라면

대지의 자궁 속에 묻혀

황홀경 맛보다가 잉태되었을 것인데

한 움큼의 또 다른 종족 번식시켰을 것인데

여직! 내 품을 맴돌고 있는 것일까

그림자

빈 마당에 서서
낯선 그림자를 보며 이는 바람 아랑곳없이
밤이슬 맞는다

소용돌이 바람에 비틀거리는 기억들
검은 안개 속에 쓸어 묻고
깊이 없는 물여울 달래 보다가
돌아서서 염언*을 대뇌면
다시 시작해야 한다는 어설픔

끝이 없는 길에
그림자만 소슬히 흔들리고
그 소용돌이 안으로 별이 우수수 밝다

---

*염언念言 : 깊이 생각한 바를 나타낸 말

십육여 년 간 연민의 별곡別曲

박희호(시인)

십육여 년 간 연민의 별곡別曲

들어가는 말

조현숙 시인의 시를 처음 대하는 독자는 하염없이 상념에 젖은 관념적 시편에 혹 지루함을 느낄지도 모르겠다.

시인이 첫 시집을 발간한다며 백여 편 시를 저에게 건넸을 때, 필자 또한 그 지루함을 벗어날 수 없었다.

필자는 본 발문을 부탁받고 시인과 여러 차례 인터뷰를 하면서 십육여 년 전 시간의 정취를 더듬어가며, 시인의 내면을 일부 엿볼 수 있어 그의 관념적 시편들이 편직 될 수 밖에 없는 애달픈 일면을 이해할 수 있었다.

우리가 관념적 시에 너그럽지 못한 것은 내면적 심상을 너무 추상적으로 그려내기 때문일지도 모른다 그러나 시인의 시가 관념적이고 추상적이기는 하나 그 안에 상처 난 시간들이 웅크리고 있다.

시인은 농축된 자아를 찾아 멀고 험난한 길 위에서 관념에 떨고 추상을 섬세하고 예민하게 그려내어 스스로를 개방하고, 배려라는 더 넓은 지평을 도덕적 인륜성으로 승화시키고 있다.

그리하여 시인의 시는 특정되어진 시간의 공간을 숙성시키고 나아가 시인 자신이 설정한 시간의 틀을 일탈하여 한 여성으로서 향취를 더듬어 가는 긴 여정의 진동을 울림으로 고백한 갈등의 시간시時間時라 할 것이다.

이제 시인의 작품을 보며 그 안에 녹아든 아픔, 고통, 가족, 사랑에 대한 시편들을 조명해보고자 한다

조현숙 시인의 이번 첫 시집은 십육 년의 자서전이라 할만하다. 절망이라는 순간에서 떠나야만 했던 수많은 길, 그 길엔 늘 물이 있다. 강물 또는 바다, 빗물, 그러한 물은 곧 사유화되어 시인의 관조에 끊임없이 안착한다.

시인은 늘 외롭다. 「내 상처가 옹이였다」에서도 시인은 견고한 외로움의 틀 안에다 '야무지게 방어'의 논리를 펴고 있지만 그것에서 결코 자유롭지 않다는 사실의

무늬를 관조적으로 드러내고 있다.

"내 삶 깊게 박힌 상처 / 그 상처 옹이가 되어 도리질 치"며 그것을 수 없이 되풀이하다 옹이가 된다는 사실에 화자 자신도 인지할 수 없는 공간 안에 단단한 벽을 세우는 무심의 빈 그림자를 만들고 있는 것이다

외로움이 길어지면
겉은 고집과 아집으로
야무지게 방어를 한다지만

속은 결코 그게 아니라는 것
나중에,
나중에서야 알게 된 것이지
내 삶 깊게 박힌 상처
그 상처 옹이가 되어 도리질 치면

나도 모르게 만들어진
단단한 벽으로
이렇게 내가 굳어가고 있음을 어찌 알았으리

                                    － 「내 상처가 옹이였다」 전문

시인은 끝없이 혼자라는 것을 자조한다. 청정하게 요동쳤던 지아비의 흔적 속에서 끊임없이 고요하기를 몸부림치는 적막한 명상을 즐기기까지 한다. 그것은 아마도 종교적 해탈의 경지에 이르고자 하는 '비의秘意'인지도 모를 일이다.

또한 '프로이드적'[1) 내면 산책으로 "빛줄기 모두 나를 분해시키는 아릿한 고요"를 노래하고 있다. 뿐만 아니라 시인은 시로서 명상하고, 끈끈한 그리움의 갈등을 소진하며, "제 체온을 삭혀 가두고" 이는 선시禪詩에 가까운 시적 지성의 결정체로서 시인의 내공을 읽을 수 있다.

"나는 지친 한 줌 삭신을 끌어안고 신열의 쉼표를 찍는다"에서의 시인의 상상력은 시간에 대한 기억의 편린片鱗[2)들이 너무 많이 남아 있어 이를 허무에까지 이르게 한다.

이제 시인은 귀로에 서 있다. 뜨거움을 안으로 귀히 삭혀 고요하게 자아를 성찰할 수 있는 번민의 시간을 끊임없이 갈구해야만 경험의 시 세계를 산책할 수 있을

---

1. 인간의 행동을 무의식에서의 억압이나 저항 등에 의해 지배 된다는 주장
2. 사물의 극히 작은 한 부분(한 조각의 비늘).

것이다.

문득
돌아본 날들의 뉘우침이
강물을 거슬러 가슴 한 켠 힘겹다

마주한 낯빛
허울 속에서 달아오르고
빛줄기 모두 나를 분해시키는 아릿한 고요
너와 나 기억의 흔적 남기고
여백을 남긴 채
쓰러져가는 모습들

이제
떠돌던 연민들은
제 체온을 삭혀 가두고
잎 새 진자리 열꽃이 무성한 밤,

그 밤에
나는 지친 한 줌 삭신을 끌어안고

신열의 쉼표를 찍는다

－「열꽃」전문

시인은 자주 바다를 찾는다고 한다. 시를 한 행도 지을 수 없을 때, 도자기를 미친 듯 빚다가 문득 그리움이 낚아챌 때, 화자의 가슴에 차오른 그 무엇을 퍼내려 했던 곳이 바다였다는 것이다. 그래서인지 원고지 위로 쏟아놓은 비릿한 꿈의 시어들을 보면 끊임없이 허기진 시심이다.

「조가비」를 보면 "차갑게 떨고 있는 조가비 서넛 사려넣고 왔다"에 두드러지게 나타나는 것을 볼 수 있다. 무엇인가를 버리고 채우려는 울부짖음의 문맥에서 치열한 시 정신을 간파할 수 있다

"서걱서걱 속삭이는 밀어들"이 엘레지 같은 감동의 시상에 벅찬 환희를 공감하게 된다. 실로 찡한 울림으로 다가오는 시인의 시는 경험의 시라는 것을 실감할 수 있다. 이제 시인은 십육 년의 그 못 다한 눈물로 쌓아온 내면의 성城을 부수려 한다. "그들이 부서지면 / 바다의 한 모서리에 내가 부서진다" 그렇다. 부서지지 않고서 어찌 새로운 경험을 공유하고 명상할 수 있을

것인가, 머리로 쓰는 시는 늘 기술적인 것이다. 때론 시라기보단 산문에 가까울 것이다.

거친 파도를 남겨놓고

돌아오는 길목에 서서

그대 넓은 가슴 끝자락에

차갑게 떨고 있는 조가비 서넛 사려 넣고 왔다

까맣게 먹칠된 밤으로부터

젖은 바람 사이로

서걱서걱 속삭이는 밀어들

그들이 부서지면

낮달처럼 허연 내 마음이

저벅저벅 찾아가고 있는 바다의 한 모서리에

내가 부서진다

— 「조가비」 전문

강은 늘 시인과 같이 있다. 시인이 사는 곳과 강의 거리가 몇 자락이나 될까마는 「강 그리고 나」 시편은 강과 화자를 동일시하는 겸허한 몸짓을 실감케 한다. 시인은 강을 길로서 적극적으로 사유화 한다. "앞뒷산 젖줄 모아 태동시킨 푸르디푸른 길" 이렇듯 시인의 가락에서는 정지용의 「향수」를 상기 시킨다.

시인에게서 강은 한 모금의 생명수가 아니라 화자와 함께 흐르는 길이다. "옥양목 같은 안개의 마디마디가 / 거미줄을 튕겨내자"로 이어지는 시인의 절창은 운율과 음률의 조화로움에 미각이 살아난다.

아마도 시인의 이러한 시적 메시지가 있기에 시인을 관념적이라 치부할 수 없을 것이다. "맥놀이가 어둠사리를 / 살풀이 몸짓으로 견고한 여울목 하나 지었다"로 이어지는 시인의 호흡이 다양하게 변주되면서 시적 변용을 시도하고 있음을 알 수 있다. "얼마나 많은 젖을 물렸던가 / 내 안에 희미한 강 무덤 자리에 소昭만 흥건하다" 엄마로서의 젖이 비로소 여인으로서 강으로 순환 되어지는 시인의 강은 무슨 까닭이기에 앞서 절실하게 동경하는 서정적 정감으로 시 세계를 확장하고 있다.

어둠을 타고
앞뒷산 젖줄 모아 태동시킨
푸르디푸른 길,
그 하나의 길이 흐르는 진새벽에

생사를 딛고선

옥양목 같은 안개의 마디마디가

거미줄을 퉁겨내자

뉘 걸음인가! 맥놀이가 어둠 사리를 걷어낸다

강은 그렇게 다가선다

온갖 침묵의 고뇌와

묵묵한 살풀이 몸짓으로 견고한 여울목 하나 지었다

이제

한 생의 희끗한 갈피에 핀 꽃

진즉한 꽃대하나 밀어 올리려 난

얼마나 많은 젖을 물렸던가

내 안에 희미한 강 무덤 자리에 소昭만 흥건하다

— 「강 그리고 나」 전문

이 시에서 시인은 모더니티[3]의 시각적 효용성과 경
이로움에 기댈 수 없는 난수표를 돋보이게 보여준다.

전통시의 음률적 구조가 짜임새 있게 씨줄과 날줄로 정연하게 배열되어 시적 이미지가 순탄하게 드러나 있다. "소리와 색도 없는 / 온통 설움 덩어리"로 응축된 언어로서 산사에 고요히 저항 없이 잦아들고 있다. 또한 흥미 있는 파라독스를 담아내고 있다. 절실하게 동경하는 '그곳'에 대한 한결 부드러운 화음으로 서정적 정감을 음미한다. "인두자국 같은 배반의 아픔 / 인고의 세월 결, 이고 진 아릿함만이" 이곳에서 시인의 정제된 시어 선택과 시적 능력을 엿볼 수 있으며, 자유분방한 산문시를 넘나드는 서정의 가락이 시인의 다양성과 삶의 경륜을 경험하고 넓혀지는 시 세계를 볼 수 있다.

그곳,
산자락은 늘 그림자를 품고 고요했다
소리와 색도 없는
온통 설움 덩어리

---

3. 모더니즘에 드러나는 근대적인 특징이나 성향. 넓은 의미로는 봉건성에 반대하고 널리 근대화를 지향하는 하며, 좁은 의미로는 기계문명과 도회적 감각을 중시함.

인두자국 같은 배반의 아픔

인고의 세월 결, 이고 진 아릿함만이

날 바람 속에서 풍경소리를 지탱하고 있다

요요한 달빛 어둠을 비집고 내려와

속살 깊은 향기로 엄동 속을 피워 올리고

이제 무심의 뜻에 반야가 있으니

어찌 밤만이 어둠이라 칭하겠는가

사금파리 한 조각 얼음속에 옹이 박히듯 박혀

천년을 쓸고 쓸어도 끝내 드러나지 않는 가슴

쾡한 걸음마다 칼바람 울음이

잠든 절집을 깨우고

도량석 목탁소리만 나그네를 배웅한다.

－「건봉사」전문

　시인이 거처하는 곳은 개량형 기와집으로 자갈이 깔
린 넓은 마당과 뒤뜰, 그리고 나지막한 돌담이 둘러쳐
진 고즈넉한 집으로 이곳엔 시인의 도예작업장과 도예

생들의 학습장이 같이 있다.

이 시는 아마 어느 봄날의 풍경인 듯하다. 이렇듯 시인의 주변엔 시심이 흥건하다. 무릇 시심의 가을걷이라 할만하다.

누군가에겐 쌉싸름한 봄철 민들레가 점심나절 밥상의 쌈으로 자리한다면, 시인에겐 시상의 허기를 채울 수 있는 호기이지 않겠는가? 시인의 일상이 그윽한 향수와 함께 향토가 아름다운 서정의 가락으로 노래되었기에 감동적으로 다가온다.

독자가 한 편의 시를 읊고 입가에 희미한 미소가 번진다면 그것으로서 시는 시인 것이다. 어느 누구에게도 봄날은 있었을 것이다.

그 봄날을 내밀하게 그려낸 「민들레와 정임 씨」, 어느 봄날을 기대해도 좋을 듯하다.

담장 안 도자기 작업장 뜰,
노란 민들레꽃들이 멋내기가 한창인데요
연하고 쌉쌀한 그 맛을
입맛 돋운다는 이기심을
쌈 싸 잡쉈 보겠다고

낯모르는 부부가 배낭을 지고
맛,
맛으로 조금도 아니고 뿌리까지
가방을 채우고 있었다지요

실습생인 정임 씨
안 된다고
정말 안 된다고
버티고 서서 소리 질렀지요

작업장 울안에 것은 모두 내 것이라고
제멋대로 자라고 있는 쑥부쟁이까지도
자기가 곱게 기르고 있는 거라고 했다지요

지금
흐드러진 민들레꽃들이
옆 뜰로 터 잡을 수 있는 것은
다 정임 씨 덕분이지요

                    －「민들레와 정임 씨」 전문

조현숙 시인이 아니고서는 담아낼 수 없는 시편에 전율을 느낀다. 흙의 위대함을 일깨우는 드라마 같은 경건함이다. 청량한 음향을 독특한 발상으로 애절하게 파장을 일으키는 은유적 창법에 담아낸 시어들 하나하나가 기도문을 접하는 듯하다.

　　순우리말 '애절임, 애면글면'을 적절히 구사한 것 또한 신선한 충격이라 하지 않을 수 없다.

　　시인의 손으로 직접 흙의 형상을 빚고, 불로서 그 응축된 시간을 담아낸 도공의 손길에 머문 시인의 시심에 경의를 표한다.

　　"속으로, 속으로 엉켜든 애절임은 / 굳어버린 엄지의 고통이었지" 무언의 흙 입자에서 한 점 형상을 빚어내기 위한 엄지의 고통은 형이상학적 지문의 울음임을 식별한다면 도공을 감히 위로한다 할 수 있을까?

　　시구 한 올에서 엿볼 수 있는 "상아빛 순결한 모태로 / 애면글면 물레를 차며 형상을 빚어갈 때" 메아리는 너무도 선명하여 감동의 산책이라 아니할 수 없다. 시인의 시심은 감히 넘볼 수 없는 경지에 이르러 또 파장을 일으키고 있다. "자궁 속 / 1300도 붉디붉은 숫접은 산고로 삭힌 / 청아한 인고의 보석" 이쯤에서는 필자도

숙연해진다. 여심만이 집어낼 수 있는 전통적 정취와 함께 흙냄새와 어머니의 냄새가 물씬 안겨오며 지적 갈등을 애절하게 씻어준다. "난 마디마디를 잃은 도공의 생채기로 울컥 각혈을 한다" 얼마만큼 도공의 외마디 비명을 독자들이 느낄 수 있을까? 시인은 각혈을 한다. 시인의 견고한 시 세계는 이제 서술적이고 관념적이지 않은 순수 서정시의 직조를 보이고 있다.

소쩍새 밤하늘 애끊는 소리에
가마 밖 별빛들 촉촉이 일어나고

속으로,
속으로 엉겨든 애절임은
굳어버린 엄지의 고통이었지
상아빛 순결한 모태로
애면글면 물레를 차며 형상을 빚어갈 때

잉태의 속울음은
온몸 핏빛으로 물들기를
불 앞에서 드린 간절한 기도

그 답이었던가

붉디붉은 철화를 고스란히 입고 선 자태

오호라 너였구나!

어스름 새벽 달
연못 속으로 자맥질 할 무렵
가녀린 목덜미에 기대섰던 소슬바람 한 자락
새벽을 깨우고 갔지

자궁 속
1300℃ 붉디붉은 숫접은 산고로 삭힌
청아한 인고의 보석
그,
한 점 빛이
앞산자락 물들이면
초록 별무리 돛을 세울 때
마디마디 지문을 잃은 도공의 생채기로 울컥 각혈을 한다
　　　　　　　　　　　　　　－「석류 항아리」 전문

시인의 또 다른 영역이다. 도공으로서 시인은 존재를 바라보는 사유가 얼마나 깊은지 알 수 있다. 이제 시인의 언어는 사물들 속에서 제각각의 의미를 가진 목숨의 풍경으로 응집된다.

"손사위에 잡힐 만큼의 가래[4]로 형상을 / 보거라! 이제 네게 생명을 주리라 양 손가락들이 움직여 눈, 코, 입, 귀를 더듬어 만들고 눈썹과 머리카락 한 올 한 올 섬세히 심고 나면" 시인은 미세한 입자에 생명을 불어넣기 위한 시맥을 찾아 먼 고행의 길 위를 서성인다. 산문시이면서도 서정적인 무늬가 시선으로 어우러져 공명의 메아리가 시 전체를 아우르고 있다.

"목선은 어깨를 지나 가슴선 탱탱하게 뉘를 애타 그리워하였기에 그리 선이 아름다운 것인가 허리 곡선은 비천의 모습, 아래로 흐르고 흘러 곧고 긴 다리 끝으로 설핏 유성流星 하나 살포시 스며든다" 이제 시에 선과 곡선이 흐르고 육감적 곧고 긴 다리엔 별빛들이 소복해진다. 아니 생명의 시어들과 흙이 입자로 소멸하므로 이름을 부여 받을 준비를 한다.

---

4. 도자기를 만들 때 떡가래 모양으로 흙을 빚은 형태(코일링)

"그늘진 선반에서 열흘쯤 피접하고 나면, 더 야물어지려 가마 내화판 위 살포시 올려 세우면, 아! 이제야 불길 흐름 사이사잇길 마련하여 재임5)을 끝낸다" 선형적 굴레에서 벗어나려는 듯, 시인의 촉수에 포착된 시어들은 불길의 자연적 존재로 향해 있다. 그리하여 시인의 손길이 미치는 곳마다 흙은 생의 비경을 존재론적 사유로 제공하고 있다.

"450°c, 그쯤에서 느슨했던 숨길 다 열고 가쁜 열기 휘돌아 치면 순도를 높인 1000℃의 단벌구이 완성할 때, 그 뜨거웠던 거친 불 숨은 잦아들어 적막의 의식에 그림자 드리운다" 흙의 존재에 대해 착목하고 서정과 순도 높은 열기가 뱉어내는 화엄의 시어들도 깊은 의식에 순응한다.

손으로 빚은 도공의 사적 체험을 깊디깊은 사유로 기록한다. 생명의 환원이다. 장엄한 겹침 속에 시인의 울림이 전해진다.

"흙은 튼실하게 굳고 굳어 붉고 단단한 황토빛 토우로 변신하였다 / 너에게 한 움큼의 소임을 부여하련다. / 결 고운 햇살과 마주하면 그 즈음 부음 접한 곡소리

---

5. 가마 속에 차곡차곡 기물을 쌓는 모습

에 다봇이 생명의 향기를 피워 올린다. / 긴 생명줄을
기워 올려 영원 길목 지키는 어느 이의 동반자 되면 너
에게 부여된 인고의 이름은 가히 천 년을 가리라" 이 어
찌 인생의 한 나절과 은유할 수 있으랴만 시어 곳곳에
서 뭉게뭉게 피어오르는 형상들이 도공과 시인이 대비
되어 생사와 불멸성에 대한 성찰을 일깨우고 있다. 시
인은 천 년의 소리를 떠나지 못한 채 심안心眼을 얻어
돌담 밖을 엿보고 있다.

거친 도공의 엄지와 검지 손사위에 잡힐 만큼의 가래로
형상을 만들기 시작한다. 머리를 만들고 몸통은 좀 길게
다리도 거기에 준한 눈대중으로 맞춰놓고 다시 머리 쪽 얼
굴 자리를 찾아 가여히 들여다본다. 보거라! 이제 네게 생
명을 주리라 양 손가락들이 움직여 눈, 코, 입, 귀를 더듬
어만들고 눈썹과 머리카락 한 올 한 올 섬세히 심고 나면
네 눈동자 우수를 듬뿍 간직한 모습에 입술은 무엇인가 말
하려 애타하는 안타까움이 배어 있는 그런, 가녀린 목선은
어깨를 지나 가슴선 탱탱하게 뉘를 애타 그리워하였기에
그리 선이 아름다운 것인가 허리 곡선은 비천의 모습, 아
래로 흐르고 흘러 곧고 긴 다리 끝으로 설핏 유성流星 하나

166

살포시 스며든다 다소곳한 양 발은 꼿꼿하게 육신의 버팀목 되어 단단하게 균형을 잡았다 그늘진 선반에서 열흘쯤 피접하고 나면, 더 야물어지려 가마 내화판 위 살포시 올려 세우면, 아! 이제야 불길 흐름 사이사잇길 마련하여 재임을 끝낸다. 육중한 가마 문 어둠을 삼키면 도공은 넌지시 "천 년의 비문이 되어다오"주문을 외운다. 아주 낮은 불꽃으로 시작하여 건조대에서 미처 사르지 못한 물 내음 추스르며 열기를 올린다 450℃, 그쯤에서 느슨했던 숨길 다 열고 가뿐 열기 휘돌아 치면 순도를 높인 1000℃의 단벌구이 완성할 때, 그 뜨거웠던 거친 불 숨은 잦아들어 적막의 의식에 그림자 드리운다 열기는 식어 가마뚜껑을 유린할 때 흙은 튼실하게 굳고 굳어 붉고 단단한 황토빛 토우로 변신하였다 그래, 이제 너에게 한 움큼의 소임을 부여하련다 부장의 타래 온몸에 낙관하고 자박자박 흙으로 흙에 묻힐 긴 다짐을 삭힌 선명한 형상이 결 고운 햇살과 마주하면 그즈음 부음 접한 곡소리에 다봇이 생명의 향기를 피워 올린다. 이제 넌 긴 생명줄을 기워 올려 영원 길목 지키는 어느 이의 동반자 되면 너에게 부여된 인고의 이름은 가히 천 년을 가리라

―「토우 1」 전문

시인은「토우 2」에서 시를 이야기 하고 있다. 천 년을 살아낸 생명에 또 다른 화자를 대입시켜 시어를 단절시키지 않으려는 시인의 노력을 통해 "빛도 숨도 없는 무언의 깊은 땅속이어서, 그대 나의 빛이어서" 천 년의 시간이 서정적으로 되살려놓은 시적 감성에 산문적 기술이 유린되고 있다. 시인은 때론 도공으로서 자리에 있어야 한다. 그 안에서 찾은 내면을 수탈 없이 원고지에 옮길 수 있다는 것은 머리로 계산하고 재단하여 시어를 덧붙이는 것이 아니고, 오로지 가슴으로 피어나는 진새벽 안개 사리를 시화하는 놀라운 잠재적 의식으로 형상화한다는 것이다. "수백 번 수천 번 향기로운 제물이라면 난 그대 흙이리 / 당신은 늘 내게 영원의 행간을 채워주는 여정이 있으니 / 언제나 외롭지 않을 동반자로 오로지 한 줌 흙으로 다시 태어 날" 시인은 깊은 아픔이 있다. 사십 대 중반 여인으로서 감내하기 어려웠을 부군을 여의고, 올망졸망 세 아이와 와병중인 시어머니를 모시고 살아야 했다. 시인은 지아비의 아련한 품에서 시어들을 삼키고 생명을 꿈꾸었으리라,

시인의 행간을 채웠던 것은 진솔한 지아비의 손길이 머물렀던 모든 것에 시인만이 생명을 불어넣음으로써

그를 형상화하는 것이었다. 그렇게 시의 행간마다 세 아이의 길을 만들었다. 지아비의 온기를 향기로 채워내는 시인의 짠한 모습을 볼 수 있다.

"그대 발아래 폭신한 길을 / 내어드리진 못했어도 이 깊고 눅진한 어둠 속에서도 도란도란 / 우리 이야기는 천 년을 / 가고도 가뭇한 훗날 / 어느 이의 손길에서 / 예서체로 옮겨질 때 / 그날 우리의 여행은 / 여명을 맞이하리 / 행복했던 이야기들로 / 서러웠던 이야기들로 / 무덤에 하얀 꽃 한 줄기 피워내리라" 시인의 심상이 참으로 변화무쌍함을 볼 수 있다. 시인의 지아비가 잠들어 있는 곳은 마을 어귀 선산이다.

시인이 그렇게도 좋아하는 강이 내려다보이는 곳이다. 이승에서 눅진했던 한을 짧은 행 가리 속에 저민 음률의 가창은 그대로 노래이다. 지아비가 다 완성해내지 못한 순도 높은 불길을 다시 지피고, 그것이 함빡 불길을 사르면 지아비의 무덤에 하얗게 빚은 토우 한 점이 아마도 하얀 꽃이리라, 천 년의 시간을 감당하리란 믿음이 있어 더욱 슬픈 선율이지 아닐까 싶다. 시인은 한 점 토우도 가진 것이 없는 빈자의 슬픈 노래를 시어로 직조한 것이다.

천 년을 살아내고 다시 천 년을 기다리더라도 비록 불로 얻은 생명이지만 그대 곁이어서, 영혼이 가득하여 빛도 숨도 없는 무언의 깊은 땅속이어서, 그대 나의 빛이어서, 난 그 어떤 부귀영화도 빛바랜 모습들 내가 그대의 품결에 함께 있다면 깜깜한 돌곽도 온화한 빛이 머물고 편안히 잠든 그대 모습 바라볼 때마다 내 몸과 마음은 수백 번 수천 번 향기로운 제물이라면 난 그대 흙이리 백년천년 기다리면 행여 나에게도 따뜻한 온기가 흐르랴만 당신은 늘 내게 영원의 행간을 채워주는 여정이 있으니 언제나 외롭지 않을 동반자로 오로지 한 줌 흙으로 다시 태어날, 나를 기대하지 않으리 고운 태양 아래 그대 발아래 폭신한 길을 내어 드리진 못했어도 이 깊고 눅진한 어둠 속에서도 도란도란

우리 이야기는 천 년

가고도 가뭇한 훗날

어느 이의 손길에서

예서체로 옮겨질 때

그날 우리의 여행은

여명을 맞이하리

행복했던 이야기들로

서러웠던 이야기들로

무덤에 하얀 꽃 한 줄기 피워 내리라

때론 사는 일이 죽음에 이르는 일보다 더 큰 무덤일 수 있으나

나의 여정엔 단 한 점 토우가 없으니 서러운 꽃들만 무성하네

- 「토우 2」 전문

조현숙 시인은 선택받은 시인이라 할 수 있다. 삶의 곳곳이 시심을 담아낼 심상의 울타리가 되어 주고 있다.

시 「폭설」은 시인의 기침소리에 닿아 있다. "돌담장 안이 남극이다 / 눈 무게에 모두가 기절 중"이다. 어떤 사람은 폭설을 느끼려면 시 외곽을 찾아 나서야 그 폭설의 의미를 확연히 느낄 수 있을 것이다. 그러나 화자는 담장 안에서 그 무게를 느낀다는 소회를 담담하게 그려 내고 있다. 대자연의 순환적 의미는 무엇일까? 사계절이 뚜렷하여 피고 짐과 결실, 그리고 흐름과 녹음이 있는 환경은 다채로운 시적 감화를 우리에게 제공한다. 아무리 그렇다 한들 모든 시인이 이를 노래한다고는 할 수 없을 것이다.

시인은 가까운 자연을 정갈한 시어로 해석한다

"장 방향으로 돌며 밤을 지배하던 / 두 마리 백구도 / 토막 잠속에 칩거 중"이라고 폭설을 노래하며 후렴처럼 맛깔 나는 밤을 지배하던 두 마리 백구를 형상화시킴으로 시의 절정을 이룬다. 대자연에 필적할 담장 안을 시어로 재구성하는 역량이 돋보이는 작품이라 할 것이다. "끝없이 내려 쌓이는 눈더미에 세상은 정차 중이다" 좁은 담장 안의 사물을 밖으로 확장시키는 사유를 예사롭지 않게 구사하는 지적 담보가 늘 이채롭다

　　돌담장 안이 남극이다

　　눈 무게에 모두가 기절 중

　　장 방향으로 돌며 밤을 지배하던

　　두 마리 백구도

　　토막 잠 속에 칩거 중이고

　　담장 밖 가로등도 빛이 바래 희뿌옇다

　　진새벽을 앞질러 온

　　창문 안 햇살에서

　　서정은 늘 나를 행복하게 하고

끝없이 내려 쌓이는 눈 더미에 세상은 정차 중이다

          - 「폭설」 전문

 시인은 종갓집 맏며느리다. 그래서 기쁨과 슬픔을 본
의 아니게 같이한 적이 많아 보인다(본 원고에도 지아
비와 시어머니 또는 일가친척들의 대소사를 담담하게
시어로 표현해 낸 작품이 여럿 보인다). 「무수리 초상
집(喪家)」 시에서 시인이 죽음을 대하는 심적 사유를 체
감할 수 있다. 시인은 상주의 애달픈 곡소리를 미화하
지 않는다. 그저 '허망하다'와 '부질없음'을 통렬히 배척
한다. 심오하지 않은 단어들을 적절히 부과하여 때론
상주를 위로하는 시어로서 재탄생시키는 의미적 확장
성을 챙기고 있다. 시인은 무속적 상상으로 "하늘 별들
마저 슬픔으로 깊다 / 집 앞 도랑엔 떠나지 못한 망자
의 넋이 / 슬픈 노래로 흐르고" 떠나지 못한 망자의 슬
픈 넋을 한 자락의 노래로 승화시키는 대단한 노련미를
보이고 있다. 이것은 아마도 시인의 연륜을 확장시키는
내면적internal 사고일 것이다.
 "일렁이는 조등이 그의 그림자를 / 이리저리 흩으러
놓고" 이어지는 이 시어들은 심미안적esthetic sense 회생이

아우러지는 그림자를 회유하고 있다. "어둠이 낳은 은
하수 한 자락이 무수리 그림자를 삼켜버렸다" 슬픔은
늘 삼켜지는 변환의 고리에 속하는 우주의 행성이라면
한 동네 노적가리 그림자를 삼켜버리는 것은 유성이 선
순환하는 구조적 생태를 은유적로 표현하여 시적 의미
를 부여하는 것이다.

곡소리 허망한

어둠은 저승사자의 입김처럼 스며와

초상집을 더욱 짙게 감싼다

문상객들 조문 때마다

상주의 애달픈 곡소리는 삶의 부질없음이

회한으로 떠돌고

하늘 별들마저 슬픔으로 깊다

집 앞 도랑엔 떠나지 못한 망자의 넋이

슬픈 노래로 흐르고

무수리 외사촌 시동생이 모닥불을 뒤적이고 있다

일렁이는 조등이 그의 그림자를

이리저리 흩으러놓고

주머니에서 한 움큼의 뭉치를 내려놓는다

타는 불 속에 한 장씩 던져질 때마다

종이는 아이고

아이고-오

깊고 한 서린 곡哭소리를 낸다

한 점 불꽃이 되어 날아오를 적에

어둠이 낳은 은하수 한 자락이 무수리 그림자를 삼켜버

렸다끝내 상주는 주저앉아 어깨를 들먹인다

- 「무수리 초상집喪家」 전문

조현숙 시인의 시는 유독 바다와 강을 직유적 관조가

치밀하게 내포된 씻김굿 같은 요소들로 오밀조밀 성을

쌓아가는 시편들이 많다. 다시 말하면 시인의 전언前言

처럼 한 생의 구비를 돌아 꿈과 희망의 소야곡을 제창

하려는 엄숙한 의식의 공간이 되는 것이다.

"가차이 느끼고픈 숨소리를 먼, 무음으로 다가올 발

자국 흔적이라 기도했지" 뉘의 숨소리를 먼 무음으로

듣고파하는 시인의 심상은 오로지 십육 년 전, 그 시간

을 애달파하는 것이다. 내려놓으려 찾아든 바다는 더욱

명징하게 시인의 가슴을 적시고, 이제 적멸보궁 석가래

아래 사리를 튼 그 기다림을 "덜컥 세찬 너울이 삼켜버리고 / 하얀 거품만 멍울질 때면" 삼켜버린 하얀 거품이 또 다른 시어를 잉태하는 것이다. 시인은 짧디짧은 찰라, 그 순간에도 비유적 노래를 읊고 있다. "또 하나의 기대를 잉태하고 / 쉼 없는 나날을 키워놓고 아픔이란 / 씨앗을 양수도 없이 순산한다" 시인은 이렇듯 거침없이 언어의 견고함을 지켜낸다. 그러면서 끊임없이 자아를 잉태하는 아픔의 심상구조를 순산하고 키워내는 여인임을 외친다. 이제 시인의 관념적 관조의 틀이 부서지고 그 자리를 메워가는 자유로운 경험의 언어들이 시적 얼개 구조를 지탱하려고 한다. "풀려버린 낱줄은 무수히 쏟아지는 별 하나 / 매달지 못한 채 / 뭇 기억들이 소롯이 잠든" 시인은 그렇게 기억을 홑이불 삼아 새로운 꿈을 꾸려 자각의 심연에 깊이 침잠한다.

　　망설였었지
　　가차이 느끼고픈 숨소리를
　　면, 무음으로 다가올 발자국 흔적이라 기도했지
　　그 기다림을
　　덜컥 세찬 너울이 삼켜버리고

하얀 거품만 멍울질 때면

나는
또 하나의 기대를 잉태하고
쉼 없는 나날을 키워놓고 아픔이란
씨앗을 양수도 없이 순산한다

한 타래 한 타래
풀려버린 낱줄은 무수히 쏟아지는 별 하나
매달지 못한 채
뭇 기억들이 소롯이 잠든
그곳에 나도 팔 베고 웅크린 채 누웠다

– 「가슴앓이 - 속초에서」 전문

　조현숙 시인의 자구적 언어들에는 각본이 없다. 나태한 원혼의 언어도 시인은 배척한다. 그럼으로 시의 구조가 초밀하지 않다. 비움에 대한 확실한 자아가 실현되어 있음을 일 수 있다. 적절히 구사되는 은·비유와 도치법이 순환하는 시어들로서 가슴속 어딘가에 촛불을 켜고 있음을 본다. "물관의 삭신도 삭아 그저 / 구르는 갈잎도 제 것인 양 석양에 물든 몸 / 어쩌면 시인은 자신을 노래하는지도 모르겠다" 나무의 엽록을 유지하던 물관, 화자의 닳아버린 관절에 비유하지만 삼라만상의 모든 생명은 영원할 수 없다는 진리가 존재하는 한, 모든 삭신은 삭아 내릴 수밖에 없다는 환원의 법칙을 적절히 비유한 시인의 시적 은유는 시인의 자아를 완성하는데 엉김이 없는 수려함을 내포하고 있다. "산 자 비듬처럼 떨어져 흐느끼는 표피 한 조각 / 다 낡아버린 이파리 계절은 / 속울음으로 옹이가 되어" '산 자의 비듬처럼'이란 직유법에 군더더기가 없음으로 시적 완숙미가 물씬 풍겨난다. 또한 '이파리의 계절'에 대한 적절한 은유는 시인의 내공을 한층 향상시켜준다 할 것이다. 시 「고목」의 마지막 행 "어림잡아 네 밑둥치가 이리도 낯설겠느냐" 교과서적 시적 표현의 은·비유가 개체별로 자리매김함으로써 시의 긴장감을 여지없이 고조시키는 절창이라 아니할 수 없다.

　시인은 시로서 다투고, 시로서 담론하고, 시로서 저항할 때 시의 시대에 쉴 수 있다. 그런 의미에서 조현숙 시인은 현명하다.

물관의 삭신도 삭아 그저

구르는 갈잎도 제 것인 양 석양에 물든 몸

산 자 비듬처럼 떨어져 흐느끼는 표피 한 조각

다 낡아버린 이파리 계절은

속울음으로 옹이가 되어

한 걸음 떨어져

쳐다본 우듬지에 참매가 선회하면

어림잡아 네 밑둥치가 이리도 낯설겠느냐

- 「고목」 부문

    들어가는 글에서도 언급했지만 시인 자신이 생활하는 집을 모티브로 이 시가 탄생되었을 것이라 생각한다.

    조현숙 시인의 집은 야트막한 기와집이다. 꽤 넓은 마당을 두고 둘러쳐진 가슴팍 높이 돌담이 정겨운 고택이다. 조금은 낡아 추녀 끝 서까래 황토 흙이 신발에 냉큼 들어앉는 어처구니없는 황당함도 있으나, 그리 흔치 않은 고즈넉한 풍경에 지나는 길손들이 한 번쯤 발길을 멈추는 이야깃거리가 심심찮을 예스러움이 진한 집, 그 집을 삼십여 년 지켜낸 시인의 현재 심상을 모순 없이 담담히 직조한 시어들이 장닭의 붉은 벼슬을 닮아 있다. 시인의 여유로운 감성으로 묵은 기와집의 무게를 피사체로 선명히 담아낸 시 끝이 맵다. 동천에 걸터앉은 툇마루는 어떤 시상을 담아낼까? 그것이 사뭇 궁금하다.

　　달빛과 어우러진 툇마루가
　　동천에 걸터앉는다.

　　활처럼 휜
　　시간의 무게
　　낮아진 돌담 그 어깨에 기댄 솟을대문 안
　　묵은 기와집

　　반쯤 내려뜬 눈꺼풀 속
　　낯익은 얼굴
　　아직도 놓아지지 않는 미망未忘
　　한차례 뜨거운 것이 목·울·대를 스치고

　　달빛과 어우러진 툇마루가

동천에 걸터앉는다

－「고택」부문

조현숙 시인의 시적 내면성은 참으로 확언하기가 어렵다. 관념적 관조라 보기에는 서정성이 너무 짙어 때론 현기증이 난다. 시인의 서정은 타고났다고 하기 보단, 삶과 환경이 시인의 서정성에 윤활유 역할을 하지 않았을까, 하는 생각이 든다. 시인은 길 위에 서는 것을 좋아하고, 강과 바다에 애착을 갖는다. 그 대척점에 위태로운 생채기 기억들을 고스란히 안고 살아간다. 감내의 십육여 년이 시인을 단단히 가둠으로 한이 관념성을 잉태하지 않았을까도 생각해본다. 시인은 삶의 테두리 안에서 시심을 관성한다. 때론 이것이 시인의 시적 확장성을 밀폐시키기도 하지만 그렇다고 시인의 은유가 미온적인가 하면 그렇지는 않다. 시의 지적 소모성은 절대적으로 활발하다. 시「그림자」는 3연 11행의 비교적 짧은 시로써 시인의 등단 초기 시로 짐작된다.

"소용돌이 바람에 비틀거리는 기억들"의 행에서 시인이 읊조린 "비틀거리는 기억들"은 젊은 지아비를 떠나보내고 속절없이 애태우는 심정의 표현이다. 중년 여인으로서 애달픈 비틀거림 현상의 기억은 정지를 상실한 재생된 이미지를 응축하고 있는 전형적으로 관념적인 시어의 모창이라 아니할 수 없다. "깊이 없는 물여울을 달래 보다가 / 돌아서서 염언을 대뇌면 / 다시 시작해야 한다는 어설픔" 여기서 시인은 돌아선 물굽이처럼 빼어난 시적 언어를 구사하고 있다. "깊이 없는 물여울을 달래 보다가" 시인은 무엇으로 어떻게 물여울을 달래 보았을까? 혹 시심으로 여울을 막아보지는 않았을까, 하는 호기심이 든다. 시어로 적절해보이지 않을 듯한 '염언'이 겨울 눈밭에 노란 꽃을 피워내는 인동초처럼, 백미를 장식하고 있다. 화자의 시작은 어설프다. 이의 다른 말은 두려움일 게다. 떠난 지아비로부터 모든 일상을 대여 받았던 시인은 두려움을 시적으로 어설프게 내려놓고 있다.

빈 마당에 서서
낯선 그림자를 보며 이는 바람 아랑곳없이
밤이슬 맞는다

소용돌이 바람에 비틀거리는 기억들

검은 안개 속에 쓸어 묻고

깊이 없는 물여울을 달래 보다가

돌아서서 염언을 대뇌면

다시 시작해야 한다는 어설픔

끝이 없는 길에

그림자만 소슬히 흔들리고

그 소용돌이 안으로 별이 우수수 밝다

–「그림자」 전문

　시인의 한 일상을 엿볼 수 있는 「카페, 레반트」는 한 무리 여류시인들의 한나절을 소롯이 표현함이 정갈하다. 창포물에 감은 머리가 잘 빗질된 어머니의 머릿결을 보는 듯, 우아함이 경이롭다. "소리와 언어들이 고였다 헤어지는 / 머물러 오래가지 않는 곳 / 공간은 늘 기억의 페이지를 오독한다" 소리는 음악 또는 수다로 언어는 공간적 시어들이 고였다 헤어지는 '머물러 오래 가지 않는 곳' 우리들의 전형적인 어머니 모습을 떠 올려보면 피식 입가에 웃음이 머문다. 소소한 어머니들의 밥상 걱정이 시인들을 오래 머물 수 없게 하는 사회적 공간의 배타성이 안쓰럽기만 하다. 어제의 공간은 오늘을 오독하므로 늘 낯선 곳, 모든 간섭으로부터 자유로워지고프고 때론 피접하고픈 시간의 빛이 염장되어지는 공간, 그 공간을 찾아든 여류시인들, 아니 우리 모두의 어머니에 대한 공간적 배려가 턱없이 부족한 사회적 무책임성이 시인의 상그러운 시심을 자극했을지언정 시인의 시적 문체의 맥놀이는 여전하다. "끊임없이 섞이기 위해 뭉쳐지는 / 말하기 위해 말을 묻고 / 말속에서 변명을 해야 하는 지성이 야성 되는" 여기서 시는 자웅을 가리려 한다. 끊임없이 섞이기 위해 공존하는 감각적 사고를 사유한다. 너와 내가 섞이고, 가족 구성원이 섞이고, 사회공동체가 섞이고, 민족이 섞이고, 세계가 섞이고, 부富와 빈貧이 섞여야만 하는 중심축의 수레바퀴는 기울임이 없을 것이다. 시의 한 행에 시가 이렇듯 확장성을 공유할 수 있을 때, 그 비유적 완성도를 실감할 수 있을 것이다. 우린 지금 지성적 사고를 우문처럼 여기는 시대와 소통하려 한다. 시인의 은유같이 때론 지성이 야성 되는 시간의 쳇바퀴를 경험하고 있다. 그러나 이 시간은 극히 짧아야 할 것이다. 지성과 야성이 혼용되는 동시간대는 혼란이 급기야 지성과 야성을 동시에 침탈할 것이기 때문이다. 시인이 이야기하고자 했던 시적 의미에서 너무 비약되어진 감이 없진 않으나 시인의 시적 요소 마디마다 그 확장성의 지대함으로 시 인들이 피접한 일상 시어들 또한 완성도가 높다는 의미 적 해석이라 이해 바란다.

"순례를 끝낸 자모음들이 / 내려앉은 적막은 멀고 누 추한데 / 시인들은 늘 뉘엿한 곤함에 / 푸른 수혈을 마 치면 / 선명한 언어의 흔적 돌팍에 새겨 놓는 / 그곳"

시인은 적절한 시어를 늘 수혈해야 한다. 조현숙 시 인의 시적 확장성은 참으로 경이롭다. 그 인고의 산통 을 위로하고 싶다. 누구는 단숨에 시 몇 편을 쓴다고 하 지만 시인같이 재활용 종이에 연필 또는 무딘 펜으로 수 없이 퇴고를 거듭하는 정성이 아니면, 이렇게 완성 도 높은 작품을 선보일 수 없을 것이다

소리와 언어들이 고였다 헤어지는
고즈넉이
머물러 오래 가지 않는 곳,
공간은 늘 기억의 페이지를 오독한다

해질녘이면 물여울 가득 피워내는

한낮의 간섭으로부터 자유롭고 싶었던 불빛은

주변을 보름달처럼 닦아 빛을 염장한다

끊임없이 섞이기 위해 뭉쳐지는

말하기 위해 말을 묻고

말속에서 변명을 해야 하는 지성이 야성 되는

허무한 시간의 지렛대를 버티면

순례를 끝낸 자모음들이

내려앉은 적막은 멀고 누추한데

시인들은 늘 뉘엿한 곤함에

푸른 수혈을 마치면

선명한 언어의 흔적 돌팍에 새겨놓는

아련한 그곳,

카페, 레반트

—「카페, 레반트」 전문

　시인의 절창은 칠십여 편 시편들에 고루 침잠되어 은
유와 직유를 자유롭게 넘나들고 나아가 비유에 대한 허

세를 절제하는 시인의 공간이 미학적이다. 시는 시로서 정의로울 때 시의 가치를 인정받을 수 있듯이 시인은 늘 시상에 젖어 있어야 하지만 시맥을 머리로 찾는 우를 범해서도 안 된다. 시인은 오로지 시로서 소통해야 한다는 단순 진리를 게을리 해서도 안 된다 할 것이다.

시어를 귀히 여기고 내면의 공명에 순응할 수 있어야 가슴으로 써지는 시망詩望을 느낄 수 있을 것이다.

본래 시인은 외롭다. 스스로 외로워지기를 갈망할 때도 있다. 그러나 시인은 외롭기 위해 외로움을 처연하게 갈구하는 것은 모름지기 자아를 숙성시키지 못하고 종국에는 필筆을 놓을 수밖에 없는 시련에 봉착하게 된다. 시인은 사물을 여러 각도에서 예찰할 수 있어야 하나 사물에 예속되는 순간 시맥을 놓치기 십상임을 명심하여야 한다.

「기다림」의 시에서 노래하는 흐르면 지워진다는 사실이 명징하고 선명하다는 것은 시상이 머물지 않는다는 것이다. 흐르기 전에 받아 두려는 시인의 노트엔 많은 시어들이 웅크리고 있는 곳간이라 할 수 있다. "비어 있는 들판에 나를 풀어놓으면" 비어 있는 들판은 언제나 자유로울 수 있다. 그 자유로움에 나를 풀어놓으면 시는 공명의 관조를 넘나들며, 사유를 구체화 할 것이다.

"노을로 사라지는 끈 타래에 / 난 들풀처럼 자유로운 방황을 시작한다" '사라지는 끈 타래' 이것은 화자 자신의 벽을 옹골차게 세워두고, 들풀처럼 자유로운 방황을 시작한다는 것이다. 이 또한 시인은 바람 앞의 들풀처럼 자유를 추구하고, 방황의 시작을 대자연 앞에 선포하고 있지만 실상 내면의 방황은 전행에 서술되어진 옹골찬 벽 앞에 공손해진다.

> 흐르고 지워지는
>
> 비어 있는 들판 위 나를 풀어놓으면
>
> 노을로 사라지는 끈 타래에
>
> 난 들풀처럼 자유로운 방황을 시작한다
>
> — 「기다림」 부분

나가는 말

조현숙 시인은 이제 어느 귀착점에 도달해 있다. 시인의 시심은 여울목에 잠길 정도로 농익어 있기도 하다. 다만 시인의 삶과 일상에서 흐드러진 시상을 무심코 흘려버리는 안타까움이 곳곳에 있다.

시인은 도예인이기도 하다. 또한 수묵화와 연필화는 수준급으로 공동전시회를 수차례 열기도 하였다 한다. 그 속에 사리를 틀고 있는 시맥을 시인은 찾지 못하고, 오로지 십육 년의 시간을 부여잡고 관념적 사고에 젖어 길 위를 서성이는 시인이 안타깝기만 하다.

조현숙 시인의 십육 년 시간을 유린할 생각은 조금도 없다. 다만 시인의 심상이 너무 애처롭고 시인이 이제 떠나보내려는 시간들 또한 안타까움을 형언할 수 없다. 시인의 관념을 타래처럼 휘감았던 관념적 사고로부터 자유롭게 사유를 획득할 시간을 시인은 말하고 있다. 첫 시집 상재와 더불어 시간의 자유를 내면적으로 완성하려는 시인의 절규가 깊은 울림으로 귓전을 때린다.

조현숙 시인은 십육 년의 시간을 그리움과 기다림의 아픔으로만 여기지 않았다. 홀시어머니를 십여 년 모시다 떠나보낸 기막힌 슬픔을 칭칭 동여매고, 세 아이 엄마로서 아이들을 석사까지 마치게 한 지극한 모성애에 칭송을 보내지 않을 수 없다. 이렇듯 모진 생채기의 상처는 시인의 깊은 심연에 옹이로 자리 잡아 여러 시편에서 터 잡고 있음을 볼 수 있다. 시인의 이러한 삶에 대한 기개로 볼 때, 시에 대한 열정을 의심치 않는다. 어느 시점 시인은 그 두꺼운 관념적 사고의 껍질을 깨고 서정적 사유가 집대성된 정의에 충실한 시를 접할 수 있을 것이라 믿어 의심치 않는다.

또한 조현숙 시인은 도예인으로서 일가를 이루고 있다. 도공의 손길에 여무는 작품에 대한 소회가 시상을 자극하여 어떤 시맥을 찾아낼지에 대한 기대가 남다르다. 세필細筆같이 직조된 연하디 연한 연필화와 묵향이 지극한 수묵화에서도 시맥을 찾아 요즈음처럼 읽히지 않는 시에 대한 반향을 일탈해 보시길 바래본다. 시인은 더욱 분발하시고, 차고 넘치는 시상은 그대로 멈춰주지 않는다는 사실을 명심하시고, 늘 메모에 대한 집착을 가져주길 바란다.

첫 시집의 상재를 지면을 통해 먼저 축하드린다.

박희호

시인이다. 시집으로 『거리엔 지금 붉은 이슬이 탁본되고 있다』 『그늘』 『바람의 리허설』 등이 있다. 분단과 통일시 동인지(4회 차) 발간했으며, 한국작가회의 회원, 민족작가동맹 위원장, 한국하이쿠연구회 사무총장, 북미 평화협정체결 운동본부 공동상임 위원장을 맡고 있다.

내 상처가 옹이였다

초판 1쇄 ┃ 인쇄 2017년 2월 16일
초판 1쇄 ┃ 발행 2017년 2월 20일

지은이 ┃ 조현숙
편   집 ┃ 권영임
디자인 ┃ 여현미
펴낸곳 ┃ 예옥
등   록 ┃ 제2005-64호(2005.12.20)
주   소 ┃ 〈03387〉 서울시 은평구 연서로22길 16-5(대조동) 명진하이빌 501호
전   화 ┃ 02) 325-4805
팩   스 ┃ 02) 325-4806
E-mail ┃ yeokpub@hanmail.net

ISBN 978-89-93241-48-8 03810

값 10,000원

이 도서의 국립중앙도서관 출판예정도서목록(CIP)은 서지정보유통지원시스템 홈페이지(http://seoji.nl.go.kr)와 국가자료공동목록시스템(http://www.nl.go.kr/kolisnet)에서 이용하실 수 있습니다.(CIP제어번호: CIP2017004313)